Edouard Pailleron

Die Welt, in der man sich langweilt

Lustspiel in drei Acten

Edouard Pailleron

Die Welt, in der man sich langweilt

Lustspiel in drei Acten

ISBN/EAN: 9783743475465

Hergestellt in Europa, USA, Kanada, Australien, Japan

Cover: Foto ©Andreas Hilbeck / pixelio.de

Weitere Bücher finden Sie auf **www.hansebooks.com**

Die Welt,
in der man sich langweilt.

---×---

Lustspiel in drei Acten

von

E. Pailleron.

II. Auflage.

Am Wiener Stadttheater (zum 1. Male am 26. November 1881) mit größtem Beifalle aufgeführt und seither Repertoirstück des k. k. Hofburgtheaters.

Wien, 1889.

Verlag der Wallishausser'schen k. k. Hof-Buchhandlung
Adolph W. Künast,
I., Hoher Markt Nr. 1.

Perſonen.

Beſetzung
Wiener Sta[dt]
am 26. November 188[.]

Herzogin von Reville	Fr. Galſt
Gräfin von Ceran	Fr. Tyro[l]
Suzanne von Villiers	Frl. H…
Roger Graf von Ceran	Hr. Stah…
Bellac	Hr. Rau…
Paul Raymond	Hr. Tyro[l]
Jeanne Raymond	Frl. Gro[ß]
Virot	Hr. Witte
General v. Briais	Hr. Buk…
Toulonnier	Hr. Thai… th.
de Saint Reault	Hr. Hei…rich
Frau von Saint Reault	Frl. Sch… el.
Frau von Londau	Frl. J. Heißler
Miß Lucy Wattſon	Frl. Le…
Frau von Arriego	Frl. Wa…ter
Frau von Boines	Fr. Bo…
Gajac	Hr. Al…der
Melchior von Boines	Hr. Ge… h.
Desmillets	Hr. Ep…
François	Hr. Ba…
Tais	Frl. W…lbach
Ein Diener	Hr. Relly

Ort der Handlung: Im Schloſſe zu Saint-Germain bei der Gräfin von Ceran. Zeit: Die Gegenwart.

Als Manuſcript gedruckt. — Sowohl Aufführungs-, als Nachdrucks- und Ueberſetzungsrechte vorbehalten, und iſt das Aufführungsrecht für Deutſchland nur durch die Theater-Agentur **A. Entſch, Mittelſtraße 25 in Berlin** und für Oeſterr[eich]-Ungarn nur durch Vermittlung des Dr. O. F. **Eirich**, Hof- und Gerichts-Advocat in **Wien**, I. Hohenſtaufengaſſe 4, zu erlangen. Ohne Einwilligung dieſer Vertreter veranſtaltete Aufführungen werden, als unrechtmäßig veranſtaltet, gerichtlich verfolgt.

Dr. Th. Zolling.

Erster Act.

(Großer viereckiger Salon mit einer Thüre im Hintergrund und in der ersten und dritten Coulisse. Links zwischen diesen Thüren ein Kamin. Rechts Thüre in der ersten Coulisse. Rückwärts rechts nach dem Garten. Links großer Tisch mit Sesseln zu beiden Seiten. Rechts kleiner Tisch und Canapée, Fauteuils, Sesseln ꝛc.)

Erste Scene.

François, später **Lucy.**

Franç. (allein, sucht unter den Büchern, Brochuren und Schriften, welche auf dem Tische links liegen). Da kann er nicht sein — hier auch nicht — — „Zeitschrift für Materialismus" — — „Politische Jahrbücher" — „Philosophische Monatshefte" —

Lucy (von rechts). François, François, haben Sie den Brief gefunden?

Franç. Nein, Miß Lucy, noch nicht.

Lucy. Er war offen — — auf rosa Papier — —?

Franç. Steht der Name der Miß Wattson d'rauf?

Lucy. Habe ich Ihnen gesagt, daß der Brief an mich gerichtet ist?

Franç. Aber — — —

Lucy. Kurz und gut, Sie haben ihn nicht gefunden?

Franç. Noch nicht, aber ich werde weiter suchen und nachfragen.

Lucy. Nein, fragen Sie Niemanden, das ist unnütz. Aber suchen können Sie immerhin, da ich den Brief wieder haben möchte. Ich kann ihn nur auf dem Wege von meinem Zimmer bis hieher in den Salon verloren haben. — — Suchen Sie also — — suchen Sie. (Ab.)

Zweite Scene.

François, später **Jeanne** und **Raymond.**

Franç. (allein). Suchen — — suchen — — „Diplomatische Rundschau". — „Zeitschrift für Alterthumskunde" — —

1*

Jeanne (eintretend, heiter). Ah, da ist Jemand — — (Zu François.) Frau von Ceran?

Paul (ihre Hand erfassend, leise). Sst! (Ernst zu François.) Ist die Frau Gräfin von Ceran im Schlosse?

Franç. Ja, mein Herr.

Jeanne (heiter). Nun also, dann sagen Sie ihr, daß Herr und Frau Paul —

Paul (wie oben). Sst! (Kalt.) Wollen Sie der Frau Gräfin melden, daß Herr Raymond, Unterpräfect von Agenis und Frau Raymond soeben von Paris angekommen sind und im Salon warten.

Jeanne. Und daß — —

Paul (ebenso). Sst! (Zu François.) Gehen Sie, mein Freund.

Franç. Ja, Herr Unterpräfect. (Bei Seite.) Das sind die Neuvermälten. (Nimmt die Handtasche und den Plaid der Angekommenen.) Darf ich Ihnen das Gepäck abnehmen? (Ab.)

Jeanne. Paul, das ist zu arg, Paul —

Paul. Hier gibt es keinen Paul, hier gibt es nur einen Herrn Raymond.

Jeanne. Wie? Du willst — —

Paul. Hier gibt es kein „Du". — „Sie", ich habe es Dir ja gesagt.

Jeanne. Ach, dieses feierliche Gesicht! (Lacht.)

Paul. Lachen Sie hier nicht, ich bitte.

Jeanne. Ach, mein Herr, Sie zanken mich aus. (Wirft sich an seinen Hals.)

Paul (macht sich los). Unglückliche, das fehlte noch!

Jeanne. Ah, Du langweilst mich! —

Paul. Das will ich gerade, jetzt bist Du in der richtigen Stimmung. Hast Du denn vergessen, was ich Dir im Wagen gesagt?

Jeanne. Ich dachte, Du scherzest.

Paul. Scherzen? — — Hier? Antworte mir. Willst Du Präfectin werden, ja oder nein?

Jeanne. Ja, wenn es Dir Vergnügen macht.

Paul. Dann nimm Dich zusammen, ich beschwöre Dich! Ich sage zu Dir jetzt noch „Du", weil wir allein sind, aber später vor den Anderen werde ich „Sie" sagen, immer „Sie"! Die Gräfin von Ceran hat mich aufgefordert, ihr meine junge Frau vorzustellen und mich eingeladen, einige Tage auf ihrem Schlosse Saint-Germain zuzubringen. Nun ist aber der Salon der Frau von Ceran einer der drei oder vier einflußreichsten Salons von Paris. Wir sind nicht hiehergekommen, um uns zu unterhalten. Mein Kind, wir betreten diesen Salon als Unterpräfect, wir müssen ihn als Präfect verlassen. Alles hängt von ihr ab, von uns, von Dir!

Jeanne. Von mir? Wie so, von mir?

Paul. Die Welt beurtheilt den Mann immer nach der Frau — und sie hat recht! — Darum sei auf Deiner Hut. Zeige Ernst und Würde ohne Hochmuth, verbunden mit einem tiefsinnigen Lächeln. (Macht es ihr vor.) Siehst Du — so! Beobachte Alles, höre viel und sprich wenig. Schmeicheleien kannst Du sagen, so viel Du willst und Citate so viel Du weißt, das macht immer einen guten Eindruck. — Aber sie müssen kurz und tief sein, sehr tief! In der Philosophie Hegel, in der Poesie Jean Paul und in der Politik — —

Jeanne. Aber ich verstehe nichts von Politik.

Paul. Hier sprechen alle Frauen über Politik — —

Jeanne. Ich verstehe nicht das Geringste davon —

Paul. Die Andern auch nicht, sprich nur! Citire Puffendorf und Machiavell, als ob sie Deine guten Bekannten wären und das Tridentinische Concil, als ob Du demselben präsidirt hättest. Dazu geschlossene Kleider und ein paar Worte Latein, welche ich Dir unterwegs eingelernt habe, und ich wette, daß man nach acht Tagen von Dir sagt: „Diese kleine Frau Raymond gäbe ganz gut die Frau eines Ministers ab." — — Und wenn man in dieser Gesellschaft von einer Frau sagt, daß sie ganz gut die Frau eines Ministers sein könnte, so ist der Mann nahe daran, Minister zu werden. Denn hier sind wir an dem Orte, wo die Namen, die Stellen und die Wahlen fabricirt werden, wo die Schlauen unter dem Banner der Literatur und der schönen Künste ihre Privatinteressen fördern. Hier befindet sich die Hinterthüre der Ministerien, das Vorzimmer der Akademien, die Werkstätte der Erfolge.

Jeanne. Himmlische Barmherzigkeit, was ist das für eine Gesellschaft?!

Paul. Mein Kind, wir sind hier in einer Gesellschaft, in der man niemals sagt, was man denkt und niemals denkt, was man sagt, in der die Beharrlichkeit Politik, die Freundschaft Berechnung und die Galanterie Mittel zum Zwecke ist; in der man im Vorzimmer seinen Stock und im Salon seine Zunge ruhen läßt, kurz, wir sind hier in der sogenannten „ernsten Gesellschaft".

Jeanne. Das ist ja die Welt, in der man sich langweilt!

Paul. Ganz richtig.

Jeanne. Aber wenn man sich in dieser Welt langweilt, welchen Einfluß kann sie dann haben?

Paul. Welchen Einfluß die Langweile bei uns haben kann? Einen sehr bedeutenden, einen ganz ungeheueren, sobald man ihr den Gefallen thut, sie für die einzig mögliche Form des Ernstes zu halten. Und diesen Gefallen thut man ihr fast immer. Man läßt sich von dem wichtigthuenden Ernst und der pedantischen Steifheit imponiren: In der Politik, wie in der Wissenschaft, der Kunst wie der Literatur, in Allem und Jedem. Man bespöttelt die Götzendiener der weißen Cravatte, man flieht sie wie die Pest und doch stehen sie obenan in der allgemeinen Schätzung. Welchen Einfluß die Langweile haben kann? Liebes Kind!

Jeanne. Und in diese Gesellschaft führst Du mich, Du entsetzlicher Mensch!

Paul. Willst Du Frau Präfectin werden? Ja oder nein?

Jeanne. Das halte ich nicht aus!

Paul. Es handelt sich ja nur um acht Tage.

Jeanne. Acht Tage! Ohne zu reden, ohne zu lachen, ohne Dich zu küssen?

Paul. Vor der Welt. Aber wenn wir allein sind in den buschigen Verstecken des Gartens, — wenn wir uns in den Corridoren treffen — das wird reizend sein. Ich werde Dir Rendezvous geben — wie vor unserer Verheiratung — Du erinnerst Dich doch noch?

Jeanne (öffnet das Piano und spielt eine Arie aus Angot). Das halte ich nicht aus!

Paul (erschrocken). Um Himmelswillen, was fällt Dir ein?

Jeanne. Das ist aus der Operette von gestern.

Paul. Unglückliche, so folgst Du meinen Lehren?

Jeanne. Wir waren Beide in der Loge! O, das war reizend!

Paul. Jeanne — Madame Raymond — wenn man käme — willst Du gleich — —

Franç. (erscheint in der Mittelthür).

Paul. Zu spät!

Jeanne (wechselt die Operettenarie in eine Symphonie von Beethoven).

Paul. Beethoven — — Bravo! (Folgt mit ernster Miene.) Das ist die wahre, die echte Musik!

Dritte Scene.

Vorige. François.

Franç. Die Frau Gräfin bittet den Herrn Unterpräfecten, sie gütigst fünf Minuten erwarten zu wollen, sie hat eine wichtige Unterredung mit dem Herrn Eriel de Saint Reault.

Paul. Dem Orientalisten?

Franç. Das weiß ich nicht, Herr Unterpräfect. Es ist der Gelehrte, dessen Vater so viel Talent hatte.

Paul (bei Seite). Und der so viele Aemter bekleidet — das ist er. (Laut.) O, Herr von Saint Reault ist im Schlosse — — Frau von Saint Reault ohne Zweifel ebenfalls?

Franç. Ja, Herr Unterpräfect — ferner die Marquise von Londan und Frau Arriego, aber diese Damen sind augenblicklich mit Fräulein Suzanne in Paris, um die Vorlesung des Herrn von Bellac zu hören.

Paul. Sonst ist Niemand zu längerem Aufenthalte hier?

Franç. Die Frau Herzogin von Reville, die Tante meiner gnädigen Frau und — —

Paul. O, ich spreche weder von der Herzogin noch von Miß Wattson oder Fräulein von Villiers, welche zum Hause gehören, sondern von fremden Gästen wie wir.

Franç. Nein, Herr Unterpräfect, sonst ist Niemand hier.

Paul. Und man erwartet auch Niemanden?

Franç. Niemanden!? Ja doch, Herr Unterpräfect, Herr Roger, der Sohn der Gräfin, kommt heute noch von seiner wissenschaftlichen Mission im Orient zurück. Man erwartet ihn jeden Augenblick. Ach, und Herr Professor Bellac wird nach seiner Vorlesung hieherkommen, um einige Zeit auf dem Schlosse zu bleiben. So hofft man wenigstens —

Paul (bei Seite). Deshalb also sind so viele Damen hier? (Laut.) Gut, ich danke.

Franç. Der Herr Unterpräfect wird also die Güte haben, ein wenig zu warten.

Paul. Ja, und sagen Sie der Frau Gräfin, sie möge sich nicht beeilen.

Franç. (ab).

Vierte Scene.

Paul. Jeanne.

Paul. Du hast mir gehörige Angst gemacht mit Deiner Angot-Musik — aber Du hast Dir gut ausgeholfen? Bravo — von Lecocq zu Beethoven überzugehen, das war gelungen.

Jeanne. Ich bin wohl recht dumm?

Paul. Ich weiß nur zu gut, daß das Gegentheil der Fall ist. Aber da wir noch fünf Minuten Zeit haben, will ich Dir ein Wort über die Leute sagen, denen wir hier begegnen werden.

Jeanne. Ich will nichts mehr hören.

Paul. Jeanne, ich bitte Dich, nur fünf Minuten, diese Belehrung ist unumgänglich nothwendig.

Jeanne. Nun denn, ja, wenn Du mir für jede Personsbeschreibung einen Kuß gibst.

Paul. Wenn es sein muß, aber Du bist ein rechtes Kind! — Also höre. Die Mutter, der Sohn, die Freundin, die Gäste, sie Alle sind weder Mann noch Weib, sondern „seriöse" Leute.

Jeanne. Das kann lustig werden.

Paul. Zwei von ihnen sind nicht seriös, ich habe sie Dir zum Schlusse aufgehoben.

Jeanne. Halt, belohne mich erst. Acht Personenbeschreibungen — acht Küsse — bezahle!

Paul. Welch' ein Kind! (Küßt sie auf die Wange.) Da! Da! Da!

Jeanne. O, halt, nicht so rasch, nach jedem Kusse eine Pause!

Paul (nachdem er sie langsam geküßt). Bist Du nun zufrieden?

Jeanne. Ja, denn ich bin genügsam. Und nun die Beiden, die nicht „seriös" sind.

Paul. Vorerst die Herzogin von Reville, die Erb-Tante, eine schöne alte Frau, welche früher mit Eifer eine schöne junge Frau war.

Jeanne (mit fragender Stimme). Hm?

Paul. Die böse Welt behauptet es wenigstens. Im Uebrigen ein wenig gerade heraus und stark in spitzigen Ausfällen, aber eine ausgezeichnete Frau mit gesundem Verstand — — Du wirst ja sehen. — Und endlich als Beste, Suzanne de Villiers — — oh — — die ist nicht im Geringsten ernst, nicht einmal so ernst als es nöthig wäre!

Jeanne. Endlich!

Paul. Ein muthwilliges Mädchen von achtzehn Jahren, unbesonnen, geschwätzig — — ihre Geschichte ist ein ganzer Roman.

Jeanne. Ein Roman! Erzähle!

Paul. Sie ist die Tochter einer gewissen Witwe — —

Jeanne (wie früher). Hm?

Paul. Mein Gott! — — Einer Witwe! eines Neffen der Herzogin, den sie anbetete — eine natürliche Tochter also.

Jeanne. Eine natürliche Tochter — das ist ja reizend!

Paul. Mutter und Vater sind todt. Die Kleine ist im zwölften Jahre mit der Erbschaft eines Lebemannes und mit der Erziehung, die ihr dieser angedeihen ließ, allein auf der Welt zurückgeblieben — — die Herzogin, welche in Suzanne ganz vernarrt ist, brachte sie zur Frau von Ceran, die das Mädchen verabscheut, Roger wurde ihr Vormund. Man hat wohl versucht, sie in ein Kloster zu geben, aber sie ist zweimal davon gelaufen. Man hat sie noch ein drittes Mal dahingeschickt, aber sie ist doch wieder hier. Du kannst Dir denken, wie sie sich in diesem Hause ausnimmt; wie ein Feuerwerk im Monde! Ist diese Geschichte nicht allerliebst?

Jeanne. So reizend, daß ich Dir die zwei Küsse, die Du mir schuldest, in Gnaden nachsehe — —

Paul. Ah!

Jeanne. Und daß ich sie Dir geben will. (Küßt ihn.)

Reault und **Ceran** (treten in die Thür).

Paul (erschrocken, da er die Beiden erblickt). Wie unbesonnen! Saint Reault und Frau von Ceran! — Blase mir in's Auge! Nein, sie haben uns nicht gesehen — — halte Dich gut — — Halten Sie sich gut. (Drängt sie nach der andern Seite.)

Fünfte Scene.

Paul. Jeanne. Frau von Ceran. St. Reault.

Reault und **Ceran** (sprechen unter der Thür, ohne die Andern zu bemerken).

Ceran. Keineswegs, mein Freund. Nicht im ersten Wahlgange, verstehen Sie mich doch! Fünfzehn, acht, fünfzehn, im ersten Wahlgang, — — wodurch also eine Stichwahl erforderlich wird. Das ist doch einfach.

Reault. Ich habe aber nur vier Stimmen für den zweiten Wahlgang. — Suchen Sie Raoul zu gewinnen.

Er hat durch seinen Lehrstuhl einen mächtigen Einfluß. Er ist doch nicht etwa wieder krank?

Ceran. Nun, und — —

Reault. Am Ende, man muß auf Alles vorbereitet sein. Wer weiß, was geschieht? Ich werde mich mit der Sache beschäftigen.

Ceran (bei Seite). Da geht etwas vor. (Raymond bemerkend und auf ihn zugehend.) O, mein lieber Herr Raymond, ich hatte Sie vergessen, entschuldigen Sie mich.

Paul. O, Gräfin — — (stellt ihr Jeanne vor.) Frau Paul Raymond.

Ceran. Seien Sie willkommen in meinem Hause, Sie sind hier bei einer Freundin. (Vorstellend.) Herr Paul Raymond, Unterpräfect von Agenis, Frau Paul Raymond, Herr Baron Eriel von Saint Reault.

Paul. Ich bin um so glücklicher, Ihnen vorgestellt zu werden, als ich die Ehre gehabt habe, Ihren berühmten Vater zu kennen. Allerdings war ich damals noch sehr jung. (Bei Seite.) Er hat mich bei der Prüfung durchfallen lassen.

Reault. Sehr angenehm berührt, Herr Unterpräfect — —

Paul. Nicht so sehr als ich, Herr Baron.

Reault (setzt sich an den Tisch und schreibt).

Ceran (zu Jeanne). Sie werden mein Haus vielleicht zu ernst für Ihre Jugend finden, machen Sie nur Ihren Gatten verantwortlich, wenn Ihnen der Aufenthalt hier zu einförmig vorkommen sollte und trösten Sie sich damit, daß „Verzichten" „Gehorchen" heißt und daß Sie nicht frei waren, als Sie hierher kamen.

Jeanne. Worin war ich nicht frei, Frau Gräfin? „Die wahre Freiheit besteht nicht darin, daß man thut, was man will, sondern das, was man für besser hält," — sagt Hegel.

Ceran (nachdem sie Paul angesehen). Vortrefflich gesprochen, mein Kind. Ihre Worte beruhigen mich. Da übrigens in meinem Salon rein geistige Ziele verfolgt werden, so bietet er für höhere Geister viel Anziehendes. So wird gerade der heutige Abend besonders interessant sein. Herr von Saint Reault wird die Güte haben, uns einen Auszug aus seiner noch ungedruckten Arbeit über Roma, Ravenna und die Sagen des Sanscrit vorzulesen.

Paul. Wahrhaftig! O, Jeanne, welch ein Genuß!

Jeanne. Welch ein Glück!

Ceran. Dann glaube ich Ihnen einen kurzen Vortrag Bellac's versprechen zu können.

Jeanne. Des Professors?

Ceran. Sie kennen ihn?

Jeanne. Welche Frau kennt Bellac nicht? O, das wird ja bezaubernd sein.

Ceran. Eine vertrauliche Plauderei ad usum mundi, nur wenige Worte, aber gewiß ein seltener Genuß. Und zum Schlusse die Lecture eines ungedruckten Bühnenwerkes.

Paul. O — vielleicht am Ende gar in Versen?

Ceran. Jawohl, die Erstlingsarbeit eines noch unbekannten Poeten, den man mir diesen Abend vorstellen wird und dessen Tragödie im Théâtre français —

Paul (unterbrechend). Angenommen ist?

Ceran. Nein, aber eingereicht.

Paul. Ein Glück, wie es den geistigen Feinschmeckern nur in Ihrem Hause lächelt, Gräfin.

Ceran (zu Jeanne). Erschreckt Sie dieses ernste, literarische Programm nicht ein wenig? — Ein solcher Abend bedeutet wohl ebenso viel verlorene Zeit für Ihre Schönheit.

Jeanne. Was man im gewöhnlichen Leben „verlorene Zeit" nennt, ist in Wahrheit sehr häufig „gewonnene Zeit", sagt Schopenhauer.

Ceran (sie erstaunt ansehend, leise zu Paul). Sie ist bezaubernd!

Reault (erhebt sich und geht zur Thüre).

Ceran. Wohin gehen Sie, Saint Reault?

Reault. Zur Bahn — entschuldigen Sie mich — eine Depesche — ich komme in zehn Minuten zurück. (Ab.)

Ceran. Gewiß, es geht etwas vor. (Sucht auf dem Tische; zu Paul und Jeanne.) Verzeihung! (Läutet.)

Franç. (erscheint).

Ceran. Die Zeitungen?

Franç. Herr von Saint Reault hat sie diesen Morgen mitgenommen, sie sind in seinem Zimmer, Frau Gräfin.

Paul (zieht den Figaro aus seiner Tasche). Kann ich Ihnen dienen?

Jeanne (hält ihn rasch zurück, zieht das Journal des Débats aus der Tasche und reicht es Frau von Ceran). Die heutige Nummer.

Ceran. Ich danke — ich bin neugierig — nochmals meinen Dank! — (Oeffnet das Blatt und liest.)

Paul (leise zu seiner Frau). Bravo! Sehr gut! Fahre so fort — außerordentlich, dieser Hegel — und dieser Schopenhauer! Ah, ah! — prächtig!

Jeanne. Das war aber weder von Hegel, noch von Schopenhauer, sondern einfach von mir!

Paul. O!

Ceran (lesend). Revel sehr krank. — Da haben wir's! — Ich war dessen sicher. — Saint Reault will sein Nachfolger werden. — Saint Reault verliert seine Zeit nicht, das muß man sagen. (Gibt Paul die Zeitung.) Ich weiß nun, was ich wissen wollte. Ich danke. Ich will Sie nicht länger aufhalten. Man wird Ihnen Ihre Zimmer zeigen. Schlag sechs Uhr wird das Diner servirt, denn die Herzogin ist sehr pünktlich. Sie wissen ja, um vier Uhr Bouillon, um fünf Uhr der Spaziergang und um sechs Uhr das Diner — — (Es schlägt vier Uhr.) Vier Uhr? Da ist sie!

Sechste Scene.

Vorige. Herzogin, gefolgt von **François**, der ihr den Fauteuil stellt und den Arbeitskorb zurecht legt, und von einer Kammerfrau, welche die Kraftsuppe trägt.

Herzogin (setzt sich in den für sie vorbereiteten Fauteuil).

Ceran. Erlauben Sie, liebe Tante, daß ich Ihnen neue Gäste vorstelle.

Herzogin (macht sich's im Fauteuil bequem). Einen Augenblick — einen Augenblick! — So! — Wen willst Du mir vorstellen? (Sieht durch das Lorgnon.) Doch nicht Raymond? — Den kenne ich schon lange.

Paul (mit Jeanne näher tretend). Nein, Frau Herzogin, aber Frau Paul Raymond, seine Gattin, wenn Sie gütigst erlauben.

Jeanne (grüßt).

Herzogin (lorgnettirt Jeanne). Sie ist hübsch, — sehr hübsch — das gibt mit meiner kleinen Suzanne und Lucy, trotz ihrer Brillen, drei hübsche Frauen im Hause. (Trinkt.) Meiner Treu, das ist nicht zu viel — (Tritt zu Jeanne.) Wie konnten Sie nur, schön wie Sie sind, diesen abscheulichen Republikaner heiraten?

Paul (protestirend). Ah — Herzogin — ich ein Republikaner!?

Herzogin. Sie waren es doch mindestens! (Trinkt.)

Paul. Wie alle Welt, als ich noch jung war — das sind die politischen Kinderkrankheiten, Herzogin, wir haben sie Alle durchgemacht.

Herzogin (lachend). Ah! — Politische Kinderkrankheiten, — er ist drollig! (Zu Jeanne.) Und Sie, mein Kind, sind Sie auch ein wenig lustig?

Jeanne (reservirt). Mein Gott, Frau Herzogin, ich bin nicht gegen eine anständige, gemessene Fröhlichkeit — und —

Herzogin. Ja, ja, ich seh's schon, zwischen Ihnen und einem Vogel in den Zweigen herrscht ein gewaltiger Unterschied — um so schlimmer, um so schlimmer! — Ich, für meinen Theil, liebe es, wenn man fröhlich ist, besonders in Ihren Jahren. (Zur Kammerfrau.) Da, nehmen Sie das fort! (Deutet auf die Tasse.)

Ceran (zur Kammerfrau). Wollen Sie Frau Raymond nach Ihrem Zimmer begleiten. (Zu Jeanne.) Ihr Appartement ist nach dieser Seite gelegen, neben dem meinigen.

Jeanne. Ich danke, Frau Gräfin. (Zu Paul.) Kommen Sie, mein Freund.

Ceran. Nein, Ihren Gatten habe ich auf der anderen Seite untergebracht, zwischen dem Grafen, meinem Sohn und Herrn Bellac im Pavillon, welchen wir hier vielleicht zu anspruchsvoll den „Pavillon der Musen" nennen. (Zu Paul.) François wird Sie hinbegleiten. Ich dachte, Sie werden dort ungestörter arbeiten können.

Paul. Ich bin entzückt, Gräfin, und danke Ihnen.

Jeanne (zwickt ihn).

Paul. Oh!

Jeanne (sanft). Gehen Sie, mein Freund.

Paul (leise). Du wirst mindestens kommen, um mir beim Auspacken behilflich zu sein.

Jeanne. Wie?

Paul. Ueber den Corridor.

Herzogin (zu Ceran). Wenn Du glaubst, daß Du ihnen mit dieser Scheidung Freude machst? — (Steht auf und trinkt.)

Jeanne (leise zu Paul). Ich bin zu gut!

Ceran (zu Jeanne). Wirklich, sollte Ihnen diese Anordnung vielleicht nicht zusagen?

Jeanne. O, im Gegentheil. Uebrigens wissen Sie, Frau Gräfin, ja besser als irgend Jemand — quid decet, quid non. (Grüßt.)

Ceran (zu Paul). Reizend! Ganz und gar reizend!

Paul (rechts ab).

Jeanne (links ab).

Siebente Scene.

Ceran. Herzogin.

Herzogin. Die kleine Frau spricht Latein! Um so besser; sie wird unsere Sammlung nicht verunstalten.

Ceran. Wissen Sie, liebe Tante, daß Revel sehr krank ist?

Herzogin. Er beschäftigt sich ja nur damit, krank zu sein. Uebrigens, was geht das mich an!

Ceran (sich setzend). Aber bedenken Sie doch, beste Tante, Revel hat einen Lehrstuhl inne, der durch seinen Tod frei würde. Das wäre etwas für Roger. Und da er gerade heute ankommt, und der Secretär des Ministers mit uns dinirt —

Herzogin. Diese neue demokratische Erscheinung, Namens Toulonier — —

Ceran. Ich hoffe, den Posten noch heute Abend zu erlangen.

Herzogin. Du willst also jetzt einen Schulmeister aus Deinem Sohn machen?

Ceran. Ihm den Fuß in den Bügel setzen, Tante.

Herzogin. Du hast ihn allerdings wie einen Schulfuchs erzogen.

Ceran. Ich habe einen ernsten Mann aus ihm gemacht.

Herzogin. Ja wohl, bleiben wir dabei. Ein Mann von achtundzwanzig Jahren, der nicht einmal Dummheiten gemacht hat. Wenn das nicht eine Schande ist! — —

Ceran. Mit dreißig Jahren wird er Akademiker und mit fünfunddreißig Deputirter sein.

Herzogin. Es ist also beschlossen, Du willst mit dem Sohne anfangen, wo Du mit dem Vater aufgehört?

Ceran. Hatte ich Unrecht?

Herzogin. Wegen Deines Gatten will ich nichts sagen — mit seinem trockenen Herzen und seinem mittelmäßigen Verstande —

Ceran. Tante!

Herzogin. Ach was, laß mich zufrieden, Dein Gatte war ein Schwachkopf!

Ceran. Herzogin!

Herzogin. Ja wohl, ein Schwachkopf! Du hast ihn auf das politische Gebiet gedrängt, der Weg war ihm geebnet, und trotzdem hast Du kaum einen Unterstaatssecretär aus ihm machen können. Du hast eben keine Ursache, darauf stolz zu sein. Aber Roger, das ist etwas Anderes. Der hat neben dem

Verstande auch Herz! Pardieu, er muß es haben, sonst wäre er nicht mein Neffe. Aber an das Herz denkst Du nicht, natürlich —

Ceran. Ich denke an seine Carrière, Tante!

Herzogin. Und an sein Glück?

Ceran. Auch daran habe ich gedacht.

Herzogin. Ja, ja, Lucy, nicht wahr? Sie schreiben einander, ich weiß es. Ach, wie reizend, geh' doch! — Ein junges Mädchen mit Brillen, und schrecklich mager, das nennst Du an sein Glück denken?

Ceran. Herzogin, Sie sind grausam!

Herzogin. Ein weibliches Meteor, das auf vierzehn Tage zu uns kam und nun schon zwei Jahre hier ist. Eine pedantische Engländerin, die mit Gelehrten correspondirt und Schopenhauer übersetzt.

Ceran. Eine ernste und unterrichtete Dame. Sie ist Waise, sehr reich und von bester Familie. Der Lord-Kanzler, ihr Onkel, hat sie mir selbst anempfohlen. Das wäre die rechte Frau für Roger.

Herzogin. Dieser englische Eisblock, brr! Beim Küssen würde seine Nase erfrieren! Uebrigens bist Du auf falschem Wege, weißt Du das? Vor Allem ist Bellac in sie verliebt. Ja, ja, der Professor! Er hat mich zu sehr über sie ausgefragt — und dann ist sie in Bellac verliebt.

Ceran. Lucy?

Herzogin. Ja wohl, Lucy — ganz bestimmt! Wie Ihr Frauen alle! Er hat Euch allen den Kopf verdreht — ich kenne mich darin besser aus als Du. Nein, nein, Lucy paßt nicht für Deinen Sohn!

Ceran. Aber Suzanne paßt für ihn, nicht wahr? Ich kenne Ihre Pläne.

Herzogin. Ich verheimliche sie auch gar nicht. Ja wohl, Du hast recht, ich habe sie hierhergebracht, damit er sie heirate und wenn ich ihn zu ihrem Vormund, also ein klein wenig zu ihrem Meister machte, so geschah dies nur in der Absicht, daß er sie heirate; und er wird sie heiraten, ich rechne fest darauf!

Ceran. Aber Sie rechnen ohne mich, Herzogin, ich werde nie in diese Heirat willigen!

Herzogin. Und warum nicht! Ein Kind —

Ceran. Von zweifelhafter Abkunft, von eben solchem Benehmen, ohne Erziehung und ohne Ernst!

Herzogin. Ganz, wie ich in ihrem Alter war.

Ceran. Ohne Vermögen und ohne Namen!

Herzogin. Ohne Namen? Sie, die Tochter meines armen, guten und lieben George?

Ceran. Ein natürliches Kind.

Herzogin. Natürlich!—Als ob nicht alle Kinder natürlich wären! Wahrhaftig, Du machst mich lachen. Und dann, der Vater hat sie ja anerkannt. Du kannst übrigens thun, was Du willst, aber wenn Gott Amor einmal die Hand im Spiele hat — — und schließlich bin ich auch noch da!

Ceran. Er hat die Hand im Spiele, aber nicht wie Sie es wünschen. Sie sind auf falschem Wege!

Herzogin. Ah, der Professor Bellac, Du hast es mir schon gesagt. Du glaubst also, daß man seine Vorlesungen nicht anhören kann, ohne sich in ihn zu verlieben?

Ceran. Suzanne fehlt bei keiner Vorlesung, liebe Tante, sie macht Notizen, sie arbeitet — denken Sie nur, Suzanne und eine Arbeit! — Und wenn er hier ist, verläßt sie ihn keinen Augenblick. Sie saugt förmlich seine Worte ein. Und das wäre Alles bloß wegen der Wissenschaft? Warum nicht gar! S i e liebt nicht die Gelehrsamkeit an den Gelehrten, das ist klar. Man braucht sie übrigens nur in ihrem Betragen gegen Lucy zu beobachten — sie ist eifersüchtig auf sie — und dann ist sie mit einem Male coquett geworden, ihr ganzes Wesen hat sich seit einiger Zeit verändert. Sie seufzt, sie schmollt, sie erröthet, sie erblaßt, sie lacht, sie weint —

Herzogin. Frühlingsschauer! Die Blume will aufblühen— das arme Kind langweilt sich.

Ceran. Hier?

Herzogin. Hier! Du wirst Dir doch nicht einbilden, daß man sich hier unterhält? Glaubst Du vielleicht, daß ich, wenn ich heute achtzehn Jahre zählte, hier wäre bei Deinen Griechen und Griechinnen? Ich danke schön. Ich würde mich nur mit jungen Leuten umgeben, die mir so viel als möglich den Hof machen. Zu lieben und geliebt zu werden, ist das Einzige, was uns Frauen niemals langweilen wird. Und je älter ich werde, desto deutlicher sehe ich, daß es kein anderes Glück auf der Welt gibt.

Ceran. Doch, Herzogin, es gibt ein Ernsteres!

Herzogin. Ein Ernsteres als die Liebe? Warum nicht gar. Freilich redet man sich's gerne ein, um einen Trost zu haben. Wenn man alt wird, dann hat man sein falsches Glück,

wie man falsche Zähne hat, aber es giebt nur ein wahres
Glück, und das ist die Liebe, die Liebe.

Ceran. Sie sind eine Schwärmerin.

Herzogin. Mein Alter giebt mir ein Recht dazu. Die
Frauen sind zweimal im Leben Schwärmerinnen, mit sechzehn
Jahren für sich selbst und mit sechzig Jahren für Andere. —
Kurz, Du willst, daß Lucy Deinen Sohn heirate, ich will, daß
Suzanne ihn heirate — dagegen behauptest Du, daß Suzanne
Bellac liebt, während ich behaupte, daß Lucy ihn liebt. —
Roger wird entscheiden.

Ceran. Wie?

Herzogin. Er ist ja ihr Vormund, er muß also Alles
wissen. (Bei Seite.) Und dann wird es ihn auch ein wenig aus
seinem Gleichmuth bringen, er bedarf dessen —

Achte Scene.

Vorige. Lucy.

Lucy (in großer Toilette, decolletirt). Ich glaube, Ihr Sohn
ist angekommen, Frau Gräfin!

Ceran. Der Graf?

Herzogin. Roger!

Lucy. Sein Wagen fährt eben in den Hof.

Ceran. Endlich!

Herzogin. Du hattest Furcht, daß er zu spät käme.

Ceran. Daß er nicht zur rechten Zeit käme, ach, ja wohl
— wegen des Lehrstuhles.

Lucy. Er hat mir diesen Morgen geschrieben, daß er
heute, Dienstag, ankommen werde.

Herzogin. Und Sie haben den Vortrag des Professors
versäumt, um Roger früher zu sehen, nicht wahr?

Lucy. O, nicht deshalb —

Herzogin (leise zu Ceran). Siehst Du! (Laut.) Weshalb also?

Lucy. Ich suchte — ich — ein anderer Grund, der
mich abhielt —

Herzogin. Für den großen Philosophen Schopenhauer
haben Sie diese prächtige Toilette wohl nicht gemacht? Wie?

Lucy. Sie erwarten ja Gesellschaft diesen Abend.

Herzogin (leise zu Ceran). Bellac, das ist doch klar!
Laut zu Lucy.) Uebrigens mache ich Ihnen mein Compliment!
Nur diese entsetzliche Brille. Wie kann man auch so etwas
Abscheuliches tragen.

Lucy. Weil ich sonst nichts sehe.

Herzogin. Ein schöner Grund! (Bei Seite.) Sie ist praktisch, ich verabscheue das! (Sie wieder ansehend, bei Seite.) Sie ist aber doch nicht gar so mager, als ich dachte. Diese Engländerinnen bereiten uns zuweilen auch angenehme Ueberraschungen.

Ceran. O, mein Sohn!

Neunte Scene.
Vorige. Roger.

Roger. Liebe Mutter — O, beste Mutter! Wie glücklich bin ich, Sie wieder zu sehen.

Ceran. Und ich nicht minder, mein Sohn! (Reicht ihm die Hand zum Kusse.)

Roger. Es ist lange her — — Darum noch einmal! (Küßt ihr noch einmal die Hand.)

Herzogin (bei Seite). So recht vom Herzen scheint es ihnen nicht zu kommen.

Ceran. Die Herzogin, lieber Sohn!

Roger (auf sie zugehend). Frau Herzogin —

Herzogin. Nenne mich Tante und küsse mich!

Roger. Meine theure Tante! (Will ihr die Hand küssen.)

Herzogin. Nein, nein, auf die Wangen, mich auf die Wangen, das sind die kleinen Vortheile meines Alters! — Aber sieh mich doch an! Schaust Du noch immer wie ein Schulmeister aus? Du hast Dir einen Schnurrbart wachsen lassen — bravo! So bist Du ein ganz netter Junge.

Ceran. Ich hoffe, daß er wieder verschwinden wird, Roger!

Roger. Ja wohl, Mutter, seien Sie unbesorgt. Ach, Lucy, guten Tag, Lucy!

Lucy (wechselt einen Händedruck). Guten Tag, Roger! Sind Sie mit Ihrer Reise zufrieden?

Roger. Ueber alle Maßen. Denken Sie sich, ein fast undurchforschtes Land, und wie ich Ihnen schrieb, eine wahre Fundgrube für Gelehrte, Poeten und Künstler —

Herzogin. Und die Frauen — — erzähle mir doch ein wenig von den Frauen.

Ceran. Herzogin!

Roger (verwundert). Von welchen Frauen, Tante?

Herzogin. Von den Frauen des Orients, von deren Schönheit man so viel spricht — nun, Du Schelm?

Roger. Ich muß Ihnen gestehen, Tante, daß mir die Zeit zur Untersuchung dieses Details gefehlt hat.

Herzogin (entrüstet). Ein Detail nennst Du das?

Roger (lächelnd). Auch hat mich die Regierung keineswegs zu diesem Zwecke hingeschickt —

Herzogin. Was hast Du denn eigentlich dort gesehen?

Roger. Das werden Sie in der „Zeitschrift für Alterthumskunde" lesen.

Lucy. Eine Abhandlung über die Grabdenkmäler im westlichen Asien, nicht wahr, Roger?

Roger. Ah, Lucy — Tumuli gibt es dort!

Lucy. Tumuli?

Herzogin. Ei, so laßt doch Euer Kauderwälsch, bis Ihr allein seid — (setzt sich nieder.) Sag' mir einmal, Du bist wohl ermüdet, da Du eben erst ankamst?

Roger. O nein, ich bin ja schon seit gestern in Paris.

Herzogin. Warst Du im Theater?

Roger. Nein, ich war nur beim Minister.

Ceran. Sehr gut, und was sprach er mit Dir?

Lucy. Ich will nicht stören —

Ceran. O, Sie können bleiben, Lucy.

Lucy. Ich finde es passender, Sie allein zu lassen. Ich werde wiederkommen — auf Wiedersehen, Roger!

Roger. Auf Wiedersehen, Lucy!

Herzogin (bei Seite). Für die Ruhe dieser beiden stehe ich ein, die fühlen nichts für einander.

Lucy (ab).

Roger (begleitet sie bis zur Thüre rechts).

Ceran (setzt sich auf den anderen Fauteuil).

Zehnte Scene.

Vorige, ohne Lucy.

Ceran. Was also hat der Minister mit Dir gesprochen?

Herzogin. Richtig, plaudern wir ein wenig davon, es ist schon so lange her —

Roger. Er hat mich nach den Ergebnissen meiner Reise gefragt, und meinen Bericht in kürzester Frist verlangt. Gleichzeitig hat er mir für den Tag der Ueberreichung desselben eine Auszeichnung in Aussicht gestellt. Sie errathen wohl, welcher Art, nicht wahr? (Zeigt sein Knopfloch mit dem Band des Ritterkreuzes.)

Ceran. Officier der Ehrenlegion? — Nicht übel, aber ich habe Besseres im Auge, und weiter?

Roger. Er hat mich beauftragt, Ihnen seine Verehrung zu melden und Sie zu bitten, daß Sie wegen des bewußten Gesetzes im Senate an ihn denken mögen.

Ceran. Das will ich, wenn er uns nicht vergißt — Du mußt Dich gleich an die Ausarbeitung Deines Berichtes machen.

Roger. Augenblicklich!

Ceran. Hast Du Deine Karte beim Präsidenten abgegeben?

Roger. Jawohl, diesen Morgen. Auch beim General de Briais und bei Frau von Wirffond.

Ceran. Gut, es ist nothwendig, daß man Deine Rückkehr erfährt. Ich werde übrigens auch eine Mittheilung an die Zeitungen gelangen lassen. Ach, weil wir von Zeitungen sprechen, die Artikel, welche Du über Deine Reise veröffentlicht hast, sind gut. Dennoch habe ich zu meiner Verwunderung eine gewisse Neigung zu — wie sage ich nur — zur Phantasie in der Schreibweise wahrgenommen, die mir mißfällt. Ich fand Schilderungen, Abschweifungen, (traurig) ja sogar Verse von Alfred de Musset, mein Kind!

Herzogin. Du warst wirklich beinahe unterhaltend. Nimm Dich in Acht davor.

Ceran. Die Herzogin scherzt, mein Freund, aber ich bitte Dich, sei auf Deiner Hut! Nur keine Poesie, Du behandelst ernste Stoffe, sei also auch ernst.

Roger. Ja, war ich es denn nicht? Oder woran erkennt man eigentlich die ernsten Bücher?

Herzogin (auf eine Broschüre zeigend). Daran, daß sie nicht aufgeschnitten werden.

Ceran. Deine Tante übertreibt, folge mir, nur nichts von Poesie. Und nun, mein Sohn, gehe an Deine Arbeit. Ich halte Dich nicht länger zurück. Du hast Deinen Bericht über die Grabdenkmäler zu verfassen und nur noch eine Stunde vor Dir, denn wir diniren um sechs Uhr und es ist fünf. Geh an die Arbeit! Geh!

Herzogin. Einen Augenblick! — Nun, da Euere Herzensergüsse vorüber sind, sprechen wir von den Geschäften, wenn's gefällig ist — Und Suzanne?

Roger. Ach, die liebe Kleine! wo ist sie denn?

Herzogin. Sie hört den Vortrag über vergleichende Literatur.

Roger. Suzanne?

Herzogin. Den Vortrag Bellac's, ja!
Roger. Bellac? — Wer ist Bellac?
Herzogin. Der Held dieses Winters, der Mode-Gelehrte. Einer der galanten Abbé's der Hochschule, welche den Frauen schmeicheln und von ihnen auf den Händen getragen werden und die dadurch ihren Weg machen. Die Fürstin Okolitsch ist verliebt in diesen Bellac, wie alle unsere alten Damen und kam auf den Gedanken, ihn zweimal wöchentlich Vorträge in ihrem Salon halten zu lassen, deren Vorwand die Literatur und deren Zweck der Klatsch ist. Und Deine Mündel, welche die ganze vornehme Frauenwelt in das Genie dieses jungen, liebenswürdigen und fruchtbaren Philosophen verliebt sieht, scheint es nun wie die Anderen zu machen. Das ist, was ich mit Dir besprechen wollte.
Ceran. Es ist doch überflüssig, Herzogin —
Herzogin. Ach, er ist ihr Vormund und muß also wissen —
Roger. Was soll das heißen, Tante?
Herzogin. Das will sagen, daß Suzanne diesen Herrn Professor liebt. Verstehst Du nun?
Roger. Suzanne? — Warum nicht gar? Dieser übersprudelnde Backfisch?
Herzogin. Oh! ein Backfisch braucht nicht allzu lange, um zu einer Frau zu werden.
Roger. Suzanne?!
Herzogin. Kurz und gut, Deine Mutter behauptet es!
Ceran. Ich behaupte, ich behaupte, daß dieses — Fräulein, sich auffallend um die Gunst eines Mannes bewirbt, der viel zu bedeutend ist, um sie zu heiraten, aber galant genug, um sich mit ihr zu unterhalten, und ich werde dafür sorgen, daß diese Geschichte, welche vorerst unpassend ist, in meinem Hause nicht zum Skandal ausarte.
Herzogin (zu Roger). Da hörst Du's!
Roger. Aber Mutter, Sie machen mich ganz irre. Suzanne, ein Kind, das noch kurze Kleider trug, als ich sie verließ, das auf die Bäume kletterte, das ich Aufgaben machen ließ, das auf meine Knie sprang und mich Papa nannte — Warum nicht gar? Eine solche frühzeitige Verdorbenheit ist ja unmöglich.
Herzogin. Verdorbenheit, weil sie liebt! Ach, Du bist der echte Sohn Deiner Mutter, das muß man Dir lassen! — Und was die Frühzeitigkeit betrifft, so hat mein Herz in ihrem Alter schon lange gesprochen für einen Husaren! Ja, blau und

Silber. Er sah superb aus! Zwar dünn wie sein Säbel — aber in dem Alter — Ein neues Herz ist wie ein neues Haus — Die Ersten, die einziehen, sind nur die Trockenwohner. — Kurz und gut, es scheint, daß Bellac — allerdings ist es nicht wahrscheinlich, aber man muß bei jungen Mädchen auf der Hut sein — (Bei Seite.) Das wird ihm warm machen! (Laut.) Und darum wirst Du mir das Vergnügen machen, Deine Grabdenkmäler bei Seite zu lassen und Dich vorerst mit ihr und nur mit ihr zu beschäftigen.

Eilfte Scene.
Vorige, Suzanne.

Suzanne (schleicht sich hinter Roger und legt ihm die Hände auf die Augen). Kukuk!

Roger. Wer ist das?

Suzanne (stellt sich vor ihn hin). Da, da!

Roger (überrascht). Aber, mein Fräulein —

Suzanne. Wie garstig! — Er erkennt seine Tochter nicht!

Roger. Suzanne!

Herzogin (bei Seite). Er erröthet!

Suzanne. Nun, Du umarmst mich nicht?

Ceran. Suzanne, das schickt sich nicht — — —

Suzanne. Seinen Papa zu umarmen? — — Ah, das möchte ich doch sehen. (Geht auf ihn zu.)

Herzogin. So küsse sie doch!

Beide (küssen sich auf die Stirn).

Suzanne. O, wie glücklich ich bin! — Denke Dir, daß ich gar nichts von Deiner Ankunft wußte. Aber Frau von Saint Reault sagte es mir während des Vortrages, da ergriff ich gleich unbemerkt — denn ich war gerade nahe an der Thüre, die Flucht und lief zum Bahnhofe — —

Ceran. Allein?

Suzanne. Ja, ganz allein! — O, das ist unterhaltend, aber das Drolligste kommt erst. Ich komme zur Cassa und habe kein Geld. — Ein junger Mann, der eben sein Billet löste, bot mir an, auch das meinige zu lösen. Sehr artig! Er wollte gerade auch nach Saint Germain. Und dann ein alter Herr, o, er sah sehr respectabel aus. Und dann ein dritter — und dann alle Welt — lauter Herren und sie wollten Alle nach Saint Germain — „Aber, mein Fräulein! Ich bitte Sie! — Ich werde nicht dulden, mein Fräulein! —

Ich, mein Fräulein, ich, ich" — Ich gab dem respectablen alten Herrn den Vorzug; das war schicklicher, nicht wahr?

Ceran. Du hast angenommen?

Suzanne. Ich konnte doch nicht im Bahnhofe zurückbleiben?

Ceran. Von einem Fremden?

Suzanne. Da es ein respectabler alter Herr war — o, er war sehr zuvorkommend — er half mir in den Wagen — sie waren übrigens Alle sehr zuvorkommend, denn sie stiegen Alle in dasselbe Coupé. Und so liebenswürdig! Sie boten mir die Ecken an, öffneten die Fenster und drangen in mich: „Hierher, mein Fräulein! Nein, nicht auf den Rücksitz — hier, mein Fräulein, hier haben Sie keine Sonne!" und so weiter. Und sie streiften ihre Manschetten auf, drehten ihre Schnurrbärte, kurz, sie erschöpften sich in Artigkeiten wie für eine Dame. — Es ist sehr unterhaltend, allein auszufliegen. Nur der respectable alte Herr erzählte mir fortwährend von seinem großen Reichthum — — das war mir übrigens ganz gleichgiltig.

Ceran. Das ist unerhört!

Suzanne. Das Ueberraschendste war, daß ich bei meiner Ankunft meine Geldbörse in der Tasche fand. Ich zahlte also meine Schuld an den respectablen alten Herrn zurück, machte eine Verbeugung und lief davon. — — Ach! ach! Wie sie mich alle ansahen — (Zu Roger.) Wie Du! — Was hat er denn? — Aber küsse mich doch noch einmal.

Ceran (zur Herzogin). Da haben Sie eine Unschicklichkeit, die unübertroffen ist!

Herzogin. Du siehst doch, daß sie sich derselben nicht bewußt ist.

Ceran. Ein junges Mädchen allein auf der Eisenbahn!

Suzanne. Lucy geht doch auch allein aus.

Ceran. Sie ist älter als Du!

Suzanne. Das glaube ich, sie ist mindestens vierundzwanzig Jahre alt.

Ceran. Sie weiß, was schicklich ist.

Suzanne. Weil sie Brillen trägt?

Herzogin (lachend). Suzanne! Suzanne! (Bei Seite.) Ich bete dieses Kind an.

Ceran. Lucy wurde auch nicht aus dem Kloster fortgeschickt.

Suzanne. Das war eine Ungerechtigkeit; ich langweilte mich — —

Ceran. Dein Vormund weiß von der Sache — —

Suzanne. Aber er kennt die Ursache nicht. Du wirst gleich sehen, daß es eine Ungerechtigkeit war. Wenn ich mich in der Schule zu sehr langweilte, ließ ich mich vor die Thüre weisen, um im Garten spazieren gehen zu können. Verstehst Du? Mein Gott, das war nicht schwer — ich hatte ein unfehlbares Mittel — Wenn Alles ruhig war, so rief ich plötzlich aus — — „Ach, dieser Voltaire, welch' ein Genie!" — Dann sagte mir die Schwester Seraphine sofort: „Verlassen Sie das Zimmer, Fräulein!" — Das war einfach und gelang immer. Eines schönen Tages sah ich zum Fenster hinaus, die Sonne schien so verlockend in den Garten, da rief ich wieder: „Ach, dieser Voltaire, welch' ein Genie!" — Ich warte — nichts! — Da wiederhole ich: „Ach, dieser Voltaire!" — abermals nichts! — Ich drehe mich ganz erstaunt um und sehe die Mutter Vorsteherin vor mir, deren Erscheinen ich nicht bemerkt hatte — Tableau! — Sie hat mich nicht in den Garten, sondern gleich ganz und gar fortgeschickt. Um so besser, dachte ich, denn ich hatte genug vom Kloster. Ich bin ja kein Kind mehr — wie?

Ceran. Deine Aufführung beweist nichts weniger als das. — — Und Du liefst aus der Vorlesung fort — Frau von Saint Reault wird in tödtlicher Unruhe sein.

Suzanne. Sie muß fast jeden Augenblick mit den Anderen und mit Herrn Bellac kommen — — — Er hat heute wieder gesprochen — — — oh!

Herzogin (leise zu Roger). Nun? . . .

Suzanne. Die Damen haben rasend applaudirt! Es fehlte keine Einzige! Und was für Toiletten, wie bei einer Hochzeit! Es war (läßt einen Kuß auf ihre Finger schnalzen) superb!

Herzogin (zu Roger). Nun? — — —

Suzanne. Superb! — — Man mußte die Damen hören! — — Charmant! charmant! Frau von Loudan geberdete sich wie ein verzücktes Kaninchen! — Ich mag diese Frau nicht!

Herzogin. Das sind also die Notizen, welche Du bei den Vorträgen machst?

Suzanne. Ich? Ich mache noch ganz andere. (Zu Roger.) Du wirst schon sehen — —

Herzogin (nimmt das Heft, welches Suzanne beim Eintritt auf den Tisch gelegt hatte, bei Seite). Da kann man ja gleich! — — (Es schlägt fünf Uhr.) Fünf Uhr. — — Mein Spaziergang!

(Leise zu Roger.) Glaubst Du bei ihr eine Neigung für Bellac entdeckt zu haben?

Roger. Nein, ich — —

Herzogin. Suche, prüfe, enträthsle. Das ist eine Handschrift, welche mehr der Mühe lohnt als manche andere, und es ist ja Dein Beruf — — —

Roger. Ich verstehe kein Wort davon.

Herzogin. Und Deine Pflicht als Vormund!

Ceran. Wie viel kostbare Zeit hast Du verloren! mein armer Sohn!

Herzogin (bei Seite). Das reizt ihn! (Ab.)

Ceran (Ab).

Suzanne (bei Seite, sie beobachtend). Was haben Sie denn nur?

Zwölfte Scene.

Roger. Suzanne.

Suzanne. Wie Du mich ansiehst — — Bist Du böse? — Weil ich allein gekommen bin?

Roger. Nein, Suzanne, aber Sie sollten begreifen — —

Suzanne. Aber Du sagtest „Sie" zu mir — Du bist also doch böse!

Roger. Nein!

Suzanne. Dann geschieht es wohl, weil Du findest, daß ich schon — — ein Fräulein bin! — Wie? Sag's doch, oh sag's, das macht mir Freude.

Roger. Ja, Suzanne, Sie sind eine junge Dame geworden und gerade darum sollten Sie Ihr Benehmen mehr überwachen.

Suzanne (sich an ihn drängend). Recht hast Du, schilt mich nur tüchtig aus!

Roger (sie sanft zurückdrängend). Setzen Sie sich hierher, Suzanne.

Suzanne. Geduld, Geduld! — — Du sagst „Sie" zu mir, Du willst also auch, daß ich zu Dir „Sie" sage?

Roger. Es wäre schicklicher!

Suzanne. O, wie unterhaltend! — — Aber das ist gar nicht so leicht!

Roger. Sie werden sich von nun an noch ganz anderen Rücksichten fügen müssen und gerade hierüber habe ich Ihnen Vorwürfe zu machen.

Suzanne. Ja, ja, ich weiß schon. Ich habe kein Benehmen — — Herr Bellac hat es mir oft genug gesagt.

Roger. Ah! — — Herr Bellac?

Suzanne. Aber was willst Du, ich kann nicht anders, es ist nicht meine Schuld, das schwöre ich Dir — — — Ihnen — — — Ich sagte es ja, daß es mit dem „Sie" nicht so leicht gehen wird. Und ich hatte mir doch fest vorgenommen bei Deiner — — — bei Ihrer Rückkehr — — Dich — — Sie — — Du siehst, ich kann nicht! Was liegt daran, vielleicht treffe ich's ein ander Mal. — — Also, ich hatte mir vorgenommen, mich bei Deiner Rückkehr ebenso steif zu benehmen, wie Lucy. Und was ich mir für Mühe gab! Volle sechs Monate hindurch quälte ich mich ab, da höre ich mit einem Male, daß Du da bist und — — ffft! — alle Mühe ist verloren, die Arbeit von sechs Monaten beim Teufel.

Roger (tadelnd). O, beim Teufel!

Suzanne. Wie glücklich bin ich über Deine Rückkehr! Ich liebe Dich! Ich liebe Dich so sehr; ich bete Dich an!

Roger. Suzanne, Suzanne! Gewöhnen Sie sich endlich ab, Worte zu gebrauchen, deren Tragweite Sie nicht kennen.

Suzanne. Wie? Was kenne ich nicht? — Ich weiß sehr gut, was ich sage. Ich bete Dich an und dabei bleibt's. Und Du? Liebst Du mich etwa nicht? Warum siehst Du mich so sonderbar an? Nicht wahr, Du liebst mich mehr, als Lucy?

Roger. Suzanne?!

Suzanne. Du wirst sie gewiß nicht heiraten?

Roger. Suzanne!

Suzanne. Man sagte mir dergleichen —

Roger. — — Suzanne!

Suzanne. Warum schriebst Du ihr also! — — Warum? — — Du hast ihr siebenundzwanzig Briefe geschrieben — — Ich habe sie gezählt, siebenundzwanzig.

Roger. Das war über Dinge, die —

Suzanne. Noch heute Früh einen — — und immer über Dinge, die — — Was hast Du ihr heute Früh geschrieben? — — — Nun?

Roger. Ganz einfach, daß ich heute ankommen werde.

Suzanne. Daß Du heute ankommen wirst? Nur das? Ist's wahr? — — Aber warum schriebst Du es dann nicht an mich? Ich würde die Erste gewesen sein, die Dich begrüßt hätte.

Roger. Habe ich Ihnen denn nicht geschrieben? Und oft!

Suzanne. Oft? Zehn Mal im Ganzen. Und was für winzige Briefe? Am Ende einer Seite, wie an ein kleines Kind. Ich bin aber kein Kind mehr, ich habe während der sechs Monate viel gegrübelt und überlegt und bin auf Mancherlei gekommen — —

Roger. Worauf denn?

Suzanne (lehnt ihren Kopf an seine Schulter und weint).

Roger. Suzanne, was haben Sie?

Suzanne (sich die Augen trocknend). Und dann, ich habe auch fleißig gearbeitet — sehr fleißig; Du weißt ja, auf dem Clavier, das mir immer so schrecklich war. Aber ich spiele jetzt Schumann, Das ist doch keine Kleinigkeit — was?

Roger. Ah!

Suzanne. Soll ich Dir etwas von ihm spielen?

Roger. Später.

Suzanne. Du hast sehr Recht. — — Und dann bin ich eine Gelehrte geworden.

Roger. Ich weiß. Sie folgen den Vorträgen des Herrn Bellac. Er hat mich also bei Ihnen ersetzt?

Suzanne. Ja wohl, er war gut gegen mich und ich habe ihn aber auch sehr gern.

Roger. Ah!

Suzanne (lebhaft). Bist Du eifersüchtig auf ihn?

Roger. Ich!

Suzanne (lebhaft). O, sag's doch, ich verstehe das, denn ich bin selbst so eifersüchtig. Aber Du, warum solltest Du eifersüchtig sein? Du und ein Anderer, welch' ein Unterschied! Bist Du denn nicht mein Papa?

Roger. Erlauben Sie, — — Ihr Vater — —

Suzanne. Aber was hast Du denn? Thu' mir doch ein wenig schön, wie ehedem.

Roger. Wie ehedem? Nein!

Suzanne. Doch, doch! — Wie ehedem. (Will sich auf seinen Schoß setzen.)

Roger. Suzanne, das schickt sich nicht mehr!

Suzanne. Warum?

Roger. Seien Sie doch vernünftig!

Suzanne (wühlt in seinen Haaren, lachend). Ah — für heute ist's aus mit der Vernunft!

Roger. Schämen Sie sich, ein großes Mädchen — —

Suzanne. Ah! — Du möchtest wohl, daß Lucy an meiner Stelle wäre?

Roger. Laß doch! Geh' fort!

Suzanne. Du hast „Du" zu mir gesagt, Du mußt Strafe zahlen. (Setzt sich auf seine Kniee und küßt ihn.)

Roger (rasend). Suzanne, zum letzten Mal — —

Suzanne. Ja wohl, zum letzten Mal. (Küßt ihn.)

Roger (erhebt sich). Das ist unerträglich!

Suzanne. Ich bin boshaft, nicht wahr? Ah pah, ich werde meine Hefte holen, das wird uns wieder versöhnen. (Bleibt in der Thür und blickt nach dem Bogen.) Ah, da kommen die Damen mit Herrn Bellac! Wie, Lucy ist decolletirt? Na, warte! (Läuft ab.)

Roger (allein). Unerträglich!

Dreizehnte Scene.

Roger. Herzogin.

Herzogin. Nun?

Roger. Nun?

Herzogin. Du bist erregt?

Roger. Nun ja, sie war sehr liebevoll, zu liebevoll vielleicht!

Herzogin. Beklage Dich doch darüber! — — Du hast also nichts gefunden? Ich aber habe etwas gefunden, da! (Zieht eine Photographie aus dem Notizbuche der Suzanne.)

Roger. Die Photographie — —?

Herzogin. Des Professors — — ja! —

Roger. Unter ihren Notizen?

Herzogin. Ja, und dies hier — —

Roger. Erlauben Sie — — dies hier — —

Die Damen. Wunderbar, diese Vorlesung! prachtvoll!

Herzogin. Da ist er — dieser Wundermann mit seiner Leibgarde!

Vierzehnte Scene.

Vorige. Bellac. Frau v. Arriego. Frau v. Loudan. Frau v. Saint Reault. Frau v. Ceran. Lucy. Später Suzanne.

Fr. v. Reault. Wundervoll! Er war wundervoll!

Bellac. Frau von Saint Reault, ersparen Sie mir — —

Loudan. Hinreißend! — — Hören Sie, Sie waren hinreißend!

Bellac. Marquise!

Arriego. Herrlich! — — herrlich! — — herrlich! — — Ich bin elektrisirt!

Bellac. Aber, ich bitte, gnädige Frau — —

Loudan. Mit einem Worte, meine Damen, sagen wir es offen heraus, er war geradezu gefährlich! — — Freilich ist er das immer!

Bellac. Gnade, Frau von Loudan!

Loudan. Ich bin von Ihrem Talente geradezu entzückt. Und auch von Ihnen selbst. Ich mache gar kein Hehl daraus. Ich sage es überall und ohne Scheu. Sie sind einer der Götter in meinem Olymp — — meine Gefühle für Sie sind Götzendienst.

Arriego. Wissen Sie, daß ich ein Autograph von ihm in meinem Medaillon trage? (Zeigt auf ihren Hals.) Da!

Loudan (auf ihre Brust zeigend). Und ich trage eine seiner Federn hier. (Zieht die Feder aus dem Busen.)

Herzogin (zu Roger). Die sind alle verrückt.

Loudan. Gräfin, wie konnten Sie nur den heutigen Vortrag versäumen?

Ceran. Hier meine Entschuldigung. Mein Sohn — — —

Die Damen. Ah! der Graf!

Loudan. Endlich sind Sie aus dem Exil zurückgekehrt —

Roger. Meine Damen — —

Ceran (vorstellend). Herr Bellac — Graf Roger von Ceran.

Loudan. Ich gebe zu, daß dieses Hinderniß ein unüberwindliches war. — — Sie, Lucy — —

Lucy. Ich hatte hier zu thun.

Loudan. Da Sie abwesend waren, fehlte ihm seine Muse.

Bellac. Ah, Marquise, ich könnte antworten, daß Sie ja da waren.

Loudan. Er ist bezaubernd! (Zu Lucy.) Ach, Sie wissen nicht, was ihnen entgangen ist.

Herzogin. Wovon hat er denn heute gesprochen?

Alle. Von der Liebe!

Herzogin (bei Seite). Selbstverständlich!

Arriego. Und wie ein Poet.

Loudan. Aber auch wie ein Gelehrter. Ein Psychologe, verklärt durch einen Träumer. Eine Leyer und ein Secirmesser. — — Ach, es war himmlisch. Nur in einem Punkte bin ich mit Ihnen nicht einverstanden. Ich bestreite, daß die Liebe ihren Ursprung im Instinct hat.

Bellac. Aber Marquise — — ich sprach — —

Loudan. Nein, nein, das kann ich nicht zugeben — —

Bellac. Ich sprach von der Liebe in der Natur.

Loudan. Der Instinct, pfui! — — Helfen Sie mir doch meine Damen, vertheidigen wir uns, Lucy.

Bellac. Sie haben sich an eine falsche Adresse gewendet Marquise. Miß Wattson ist für den Instinct.

Fr. v. Reault. Ist es möglich, Lucy!?

Loudan. Der Instinct! Entsetzlich!

Arriego. In der Liebe!

Loudan. Das heißt doch der Seele die schönste Blüth rauben. Habe ich nicht Recht, Lucy?

Lucy (kalt). Es handelt sich hier auch gar nicht um di Seele.

Die Damen. Ah!

Herzogin (bei Seite). Sie ist praktisch, das muß mai ihr lassen.

Loudan. Auf solche Weise entweihen Sie die Liebe un nehmen ihr allen Zauber.

Lucy. Hunter und Darwin sagen —

Loudan. Nein, nein, nein! Niemand weiß es besser al ich, wie sehr wir den gebieterischen Anforderungen der Materi unterworfen sind. Die Materie beherrscht und erdrückt uns ich weiß es, ich fühle es. Aber lassen Sie uns wenigstens al letzte Zuflucht den Glauben an reine seelische Empfindungen

Bellac. Ich hoffe, daß wir uns wieder versöhnen, wenn Sie mein Buch gelesen haben werden.

Loudan. Wann wird es erscheinen? Wann? Die ganz Welt erwartet dieses Buch mit Sehnsucht! Und er will Nicht davon verrathen, nicht einmal den Titel.

Alle. Sagen Sie uns wenigstens den Titel — den Titel

Loudan. Den Titel! — Ja, Bellac.

Arriego. Lucy, helfen Sie uns!

Lucy. Nun also, den Titel?

Bellac (zu Lucy). „Vermischtes!"

Loudan. O, wie hübsch, wie geistreich! Aber wann Aber wann?

Bellac. Ich beschleunige das Erscheinen, weil ich daran zähle, daß das Buch mir Anrecht auf die Stelle geben wird um die ich mich bewerbe.

Ceran. Sie bewerben sich um eine Stelle?

Arriego. Wonach können Sie noch verlangen?

Loudan. Sie, der Schützling der Feen!

Bellac. Du lieber Himmel, der arme Revel ist von den Aerzten aufgegeben, Sie wissen es ja, darum habe ich für alle Fälle, ich gestehe es ohne Scheu, meine Candidatur für seinen Lehrstuhl aufgestellt.

Herzogin (bei Seite). Bereits der Dritte.

Bellac. Für den Fall, daß Revel stirbt, was der Himmel verhüten möge, empfehle ich mich Ihrer Allmacht, meine Damen.

Die Damen. Sie können auf uns rechnen, Bellac.

Bellac (nähert sich der Herzogin.) Und Sie, Herzogin, darf ich hoffen —?

Herzogin. Was mich betrifft, mein lieber Herr Bellac, so verrathe ich Ihnen, daß man vor dem Diner Nichts von mir verlangen darf. Ich bin den gebieterischen Anforderungen der Materie unterworfen, wie Frau von Loudan. (Man hört ein Glockenzeichen.) Da hören Sie, das ist bereits das erste Zeichen. Kleiden Sie sich also rasch um, denn Sie haben nur noch eine Viertelstunde. Wir sprechen bei Tisch von Alldem.

Ceran. Bei Tische — — aber Herr Toulonnier, der Secretär des Ministers, ist noch nicht angekommen.

Herzogin. Das ist mir höchst gleichgiltig! Punkt sechs Uhr wird dinirt, mit oder ohne ihn.

Ceran. Ich will ihm entgegengehen. (Zu Bellac.) Mein lieber Herr Professor, man wird Ihnen Ihr Zimmer anweisen. (Läutet.)

François (tritt ein).

Bellac. Es ist unnöthig, Gräfin, ich bin so glücklich, den Weg zu kennen. (Leise zu Lucy.) Haben Sie meinen Brief erhalten?

Lucy. Ja — aber —

Bellac (macht ihr ein Zeichen zu schweigen. Rechts ab).

Loudan. Und wir, meine Damen, wollen uns schön machen, für unsern Abgott.

Arriego. Gehen wir!

Ceran. Wollen Sie mich begleiten, Lucy?

Lucy. Gerne, Frau Gräfin.

Loudan. In dieser Toilette? Sie haben also kein Miß= trauen gegen die trügerische Schönheit der Frühjahrsabende, meine Theuere?

Lucy. O, mir ist nicht kalt!

Loudan. Es ist wahr, Sie sind ja eine Tochter des kalten Nordens. Ich aber fürchte die scharfe Luft der ersten Frühlingsabende. (Geht mit Arriego durch die Mitte ab.)

Ceran (in den Garten ab).

Lucy (will der Gräfin folgen).

François (tritt ihr entgegen, zu Lucy). Ich kann den rosa Brief durchaus nicht finden, Miß.

Suzanne (sucht auf dem Tische rechts, wirft alles untereinander und hat ein rosa Papier aufgehoben, es betrachtend, für sich). Ein rosa Brief?

Lucy. Den Brief von heute Morgen?

Suzanne (verbirgt den Brief, für sich). Den Brief von heute Morgen?

Lucy (im Abgehen). Suchen Sie ihn nicht weiter. Ich bedarf seiner nicht mehr. (Geht in den Garten ab.)

François (folgt ihr).

Fünfzehnte Scene.

Herzogin, Roger, Suzanne.

Suzanne (hat Lucy beobachtet und beobachtet nun Roger. Bei Seite). Der Brief von heute Morgen!

Herzogin. Wie? Du bist auch noch nicht bereit? Was willst Du hier?

Suzanne (fixirt Roger, ohne zu antworten).

Roger (zur Herzogin). Ach, sie bringt ihre Hefte. Geben Sie, Suzanne.

Suzanne (nähert sich ihm, um ihm ein Heft zu geben und fixirt fortwährend Roger, ohne zu sprechen).

Roger. Was hat sie denn.

Herzogin (mit Bezug auf die Gäste). Schauen wir sie ein wenig an.

Roger (nähert sich der Herzogin, welche links sitzt).

Suzanne (rechts beim Tische, sucht unbeachtet den Brief zu entfalten, welchen sie in der linken Hand hielt).

Roger. Das ist sonderbar. (Beugt sich über die Herzogin.)

Herzogin (zu Roger). Komme doch näher! — Verwünscht meine Augen —

Roger (küßt die Hefte und betrachtet heimlich Suzanne. Plötzlich ergreift er den Arm der Herzogin leise). Tante — —

Herzogin (leise zu Roger). Was gibts?

Roger. Da sehen Sie nur, aber ohne den Kopf zu erheben — sie will Etwas heimlich lesen, — einen Brief. — Sehen Sie?

Herzogin. Ja.

Suzanne (welche den Brief geöffnet hat, liest). „Ich komme Dienstag" — (Mit Verwunderung.) Von Roger! Sein Brief von diesem Morgen an Lucy. (Sucht noch einmal nach dem Papier.) Aber warum mit verstellter Schrift? — und ohne Unterschrift? (Liest.) „Abends um 10 Uhr im Gewächshaus. — Schützen Sie Migräne vor!" — Ah!

Herzogin. Was kann sie nur haben? (Rufend.) Suzanne!

Suzanne (überrascht, verbirgt den Brief hinter sich und wendet sich gegen die Herzogin). Tante?

Herzogin. Was liest Du denn?

Suzanne. Ich? — Nichts!

Herzogin. Es schien mir so — komm doch näher.

Suzanne (läßt rasch den Brief unter die Bücher des Tisches gleiten, gegen welche sie angelehnt war, und zwar mit der linken Hand, welche sie hinter dem Rücken hielt). Ja, Tante — (Geht gegen die Herzogin.)

Herzogin (bei Seite). Was mag sie nur haben?

Suzanne (nahe der Herzogin). Was wünschen Sie, Tante?

Herzogin. Hole mir meinen Mantel.

Suzanne (zögernd). Aber — —

Herzogin. Du willst nicht?

Suzanne. Doch, doch, Tante.

Herzogin. Gehe also nach meinem Zimmer.

Suzanne (ab).

Herzogin (zu Roger). Rasch zum Tisch.

Roger. Weshalb?

Herzogin. Sie hat dort den Brief versteckt. Ich habe es gesehen.

Roger. Versteckt? (Geht zum Tisch und sucht.)

Herzogin. Jawohl, an der Ecke, unter dem schwarzen Buche. Hast Du ihn?

Roger. Nein, Ja doch — rosa Papier — (Nimmt den Brief und trägt denselben lesend zu der Herzogin.) Ah! — —

Herzogin. Was gibt's?

Roger (liest). „Ich komme Dienstag" — von Bellac.

Herzogin (entreißt ihm den Brief). Von — — er ist nicht unterschrieben! Und die Schrift? — —

Roger. Verstellt! — Ja — ja — ah — dieser Herr ist vorsichtig! Aber! „Ich komme Dienstag" — Also einer von uns Beiden und da — —

Herzogin (lesend). „Abends um zehn Uhr im Gewächshaus. — Schützen Sie eine Migräne vor." Ein Rendezvous.

(Hält ihm den Brief hin.) Rasch, lege ihn wieder auf den Tisch, — sie kommt!

Roger (verwirrt). Ja! — (Legt den Brief wieder an die Stelle, von der er ihn genommen.)

Herzogin. Komme wieder hieher!

Roger (noch immer verwirrt). Ja, ja!

Herzogin. So komm' doch, rasch!

Roger (ist wieder neben ihr).

Herzogin. Ruhe! Da ist sie!

Suzanne (kehrt mit dem Mantel zurück).

Herzogin (in den Heften blätternd). Nun, was sagst Du dazu, das Alles ist doch sehr hübsch.

Suzanne. Hier ist Ihr Mantel, Tante.

Herzogin. Ich danke Dir, mein Kind. (Leise zu Roger.) Sag' doch Etwas!

Suzanne kehrt zum Tisch zurück, nimmt den Brief und blickt noch einmal verstohlen, wie früher, in denselben.)

Roger (verwirrt). Aus Alledem sind allerdings — überraschende Fortschritte zu ersehen — Suzanne setzt mich in Erstaunen. (Leise zur Herzogin, auf Suzanne deutend.) Tante —

Herzogin. Sie hat ihn zu sich gesteckt, ich habe es gesehen! (Man hört die Glocke wieder.) (Laut.) Das zweite Zeichen! Geh Dich doch anziehen, Suzanne, Du wirst sonst nicht fertig.

Suzanne (bei Seite, Roger ansehend). Ein Rendezvous mit Lucy, o! (Geht auf Roger zu, fixirt ihn, ohne ein Wort zu sagen, entreißt ihm ihre Hefte, zerreißt sie, wirft sie in den Camin und geht ab.)

Sechzehnte Scene.

Herzogin. Roger.

Roger (verblüfft, wendet sich zur Herzogin). Tante!

Herzogin. Ein Rendezvous!

Roger. Mit Bellac.

Herzogin. Warum nicht gar!

Roger (läßt sich auf ein Fauteuil fallen). Ich bin sprachlos. (Stimmen von außen.)

Herzogin (in den Garten blickend). Da ist Toulonnier und die ganze Gesellschaft. Zieh' Deinen Frack an, das wird Dich beruhigen. Du bist sehr erregt!

Roger. Suzanne — nein, nein, es ist unmöglich!

Herzogin. Gewiß ist es ganz unmöglich und doch — das kommt davon, wenn man zuviel nach den Grabhügeln in Asien sucht!

Roger. Ist mein Argwohn richtig, so suche ich mir meinen eigenen Grabhügel und versammle mich zu meinen Vätern. O Suzanne! Suzanne! (Ab. Vorhang.)

Siebzehnte Scene.

Herzogin. Ceran. Toulonnier. St. Reault. Fr. v. St. Reault, dann **Bellac. Lucy. Loudan. Arriego.** (Später): **Roger. Paul. Suzanne.**

Ceran (Toulonnier vorstellend). Der Herr Generalsecretär — meine Tante.

Toulonnier (grüßend). Frau Herzogin —

Herzogin. Aufrichtig gesagt, mein lieber Herr Toulonnier, ich war schon im Begriff, ohne Sie zu diniren.

Toulonnier. Entschuldigen Sie mich, Frau Herzogin, aber die Geschäfte — wir sind überhäuft mit Arbeit — Sie werden mir deshalb auch gütigst gestatten, daß ich mich bald zurückziehe?

Herzogin. Welche Frage — m i t V e r g n ü g e n.

Bellac (tritt auf).

Ceran. Ah, Herr Bellac! (Stellt Herrn Bellac Toulonnier vor.)

Toulonnier. Mein Herr — —

Beide (sprechen leise mit einander weiter).

Roger (kommt im Frack u. ganz verstört z. Herz.). Tante! —

Herzogin. Was ist denn schon wieder geschehen?

Roger. O, etwas Entsetzliches! — Denken Sie sich — ich hörte eben im Corridor von oben herab — aber es ist unglaublich —

Herzogin. Was?

Roger. Ich habe Niemanden gesehen, aber ich habe ganz deutlich gehört —

Herzogin. Was denn? Was denn?

Roger. Das Geräusch eines Kusses!

Herzogin (lachend herausplatzend). Eines — —

Roger. Ja, ich habe es gehört!

Herzogin. Und wer?

Ceran (stellt Raymond Toulonnier vor). Herr Raymond, Unterpräfect von Agenis.

Beide (begrüßen sich).

Paul. Herr Generalsecretär (vorstellend) Frau Paul Raymond —

Suzanne (tritt auf, sie ist decolletirt).

Loudan (sieht sie eintreten). Ah! —

Bellac. Ah, da ist mein junger Zögling. (Leichtes Murmeln des Erstaunens.)

Roger (zur Herzogin). Tante — sehen Sie doch nur, diese Toilette — das ist ja haarsträubend!

Herzogin. Das finde ich nicht! — (Bei Seite.) Sie hat geweint.

Franç. (ankündigend). Frau Herzogin, es ist servirt.

Roger (geht zu Suzanne, welche mit Bellac spricht). O, ich will Gewißheit haben. (Bietet ihr den Arm.) Suzanne — —

Suzanne (sieht ihn stolz an und nimmt den Arm Bellac's, der mit Lucy spricht).

Bellac (zu Suzanne). Wie wird man mich beneiden!

Roger. Das ist zu stark. (Bietet Lucy den Arm.)

Herzogin. Was soll das bedeuten? Vorwärts, Monsieur Raymond, Ihren Arm.

Paul (tritt auf sie zu).

Herzogin. Sie begreifen, man muß Manches über sich ergehen lassen, um Präfect zu werden.

Paul (ihr den Arm reichend). Eine solche Unannehmlichkeit ertrage ich mit Freuden, Frau Herzogin.

Herzogin. Sie setzen sich zu mir; wir werden bei Tische der Regierung allerlei Böses nachsagen.

Paul. Frau Herzogin, ich, ein Beamter, ihr Böses nachsagen, nimmermehr! — — Aber ich kann es — — an hören!

Ende des ersten Actes.

Zweiter Act.

Dieselbe Decoration.

Erste Scene.

Saint Reault. Bellac. Toulonnier. Paul. Roger. Gajac. Desmillets. Frau v. Ceran. Frau v. Arriego. Frau v. Loudan. Herzogin. Suzanne. Lucy. Frau v. Saint Reault. Baronin v. Boines. Melchior v. Boines. Der General. Virot. Jeanne.

Reault. Und man möge sich hierin nicht täuschen. So sinnig auch diese Legenden in ihrer Fremdartigkeit erscheinen mögen, es sind, wie mein illustrer Vater im Jahre 1834 schrieb, nur armselige Einfälle im Vergleich zum übermenschlichen

Gedankenreichthum der Brahmanas, welche in der Upanischads, oder besser gesagt, in den achtzehn Paranas von Vyasa, dem Sammler der Vedas, aufgenommen wurden.

Jeanne (zu Paul). Du schläfst?

Paul. Nein — ich höre — Etwas, wie ein unverständ=liches Kauderwelsch!

Reault (fortfahrend). Das ist mit klaren Worten das Concrete des Buddhaistischen und damit wollte ich schließen. Lärm. Man erhebt sich.)

Mehrere (schwach). Sehr gut! Sehr gut!

Reault. Und nun — und nun — (hustet.)

Ceran. Sind Sie ermüdet, Saint Reault?

Reault. Keineswegs, Gräfin.

Arriego. Doch ruhen Sie aus, wir werden warten.

Mehrere. Ja, ruhen Sie aus! Ruhen Sie aus!

Loudan. Sie können doch nicht fortwährend in höheren Regionen schweben, Baron. Lassen Sie sich endlich wieder zur Erde nieder.

Reault. Ich danke — — Uebrigens war dies mein Schluß. (Alles erhebt sich.)

Mehrere (im Lärm). Sehr interessant! Ein wenig unklar zwar. Und sehr lang.

Bellac (zu den Damen). Materialistisch, zu materialistisch!

Paul (zu Jeanne). Das nennt man einen Durchfall — mit Grazie!

Suzanne. Herr Bellac —

Bellac. Mein Fräulein —

Suzanne. Kommen Sie doch an meine Seite!

Bellac (geht zu ihr).

Roger (leise). Tante! — —

Herzogin. Es ist, als ob sie's Jemandem zum Trotze thäte.

Reault. Nur noch ein Wort! (Erstaunen. — Alles setzt sich wieder ruhig nieder.) Oder, um mich deutlicher auszusprechen, noch einen Wunsch. Trotz der engen Grenzen und der leicht faßlichen Form, welche mir meine Zuhörerschaft auferlegte —

Herzogin. Er macht uns ein schönes Compliment.

Reault. Hat man vielleicht die ungeheure Tragweite dieser Studien errathen, welche im Jahre 1821, also vor 78 Jahren den Mann von Genie zum Finder, ich gehe weiter, zum Erfinder hatten, dessen Sohn zu sein ich die große, aber verantwortungsvolle Ehre habe.

Paul (zu Jeanne). Jetzt gräbt er Leichen aus.

Reault. Auf dem Wege, den er mir vorgezeichnet, folgte ich ihm und ich wage zu behaupten, nicht ohne Ruhm. Ein Anderer endlich hat es nach uns, wie wir, unternommen, einige Worte der ewigen Wahrheit dieser Sphinx zu entreißen. Ich meine Revel, diesen wahren Gelehrten, diesen hochgeschätzten Mann. Mein berühmter Vater ist todt. Revel wird ihm leider bald in das Grab folgen, wenn er ihm nicht in diesem Augenblicke schon dahin gefolgt ist. Ich bleibe somit a l l e i n in dieser neuen Welt der Wissenschaft, von welcher Guillaume Eriel de Saint Reault, mein Vater, als Erster Besitz ergriffen hatte. (Toulonnier fixirend.) Mögen nun die Regierenden, mögen die Bewahrer und Spender der Macht, welchen die schwierige Aufgabe zufallen wird, dem tief betrauerten Collegen, welchen wir vielleicht schon morgen zu beweinen haben werden, einen Nachfolger zu geben, mögen diese ausgezeichneten Männer (Bellac ansehend) allen mehr oder minder berechtigten Bewerbern, von denen Sie belagert werden, zum Trotz eine erleuchtete und unparteiische Wahl treffen, für welche die dreifache Autorität des Alters, der Talente und der erworbenen Ansprüche maßgebend sein soll, eine Wahl, würdig meines berühmten Vaters und der großen Wissenschaft, die sein Werk ist und die heute, ich wiederhole es, einzig und allein nur noch durch mich vertreten wird. (Man bringt kühlende Getränke. Alles erhebt sich. Gemurmel.)

Stimmen. Sehr gut! Bravo! Bravo!

Paul. Das ist deutlicher, als sein Vortrag. Das lasse ich mir gefallen.

Ceran. Er stellt seine Candidatur als Nachfolger Revels auf.

Bellac. Für den Lehrstuhl.

Ceran (bei Seite). Ich ahnte es wohl.

Diener (anmeldend). Herr General Graf von Briais, Herr Virot.

General (ihr die Hand küssend). Frau Gräfin —

Ceran. Ah, Herr Senator —

Virot (der Gräfin die Hand küssend). Frau Gräfin —

Ceran (zu Virot). Und Sie, mein lieber Deputirter, warum so spät?

General. Man kommt immer zu spät, Gräfin, wenn man zu Ihnen kommt.

Ceran. Herr von Saint Reault hatte das Wort, das sagt Alles!

General (zu Reault). Ich bedaure lebhaft — (geht mit Virot nach links.)

Ceran (zu Reault). Wahrhaftig! Sie haben sich heute selbst übertroffen. Das ist das höchste Lob, das man Ihnen spenden kann.

Loudan. Baron, Sie haben uns eine neue Welt eröffnet. Wie überzeugend ist doch dieses erste Lallen des Glaubens. Vor allem ihre buddhaistische Dreifaltigkeit, ich bin ganz entzückt von ihr.

Lucy (zu Reault). Entschuldigen Sie meine Kühnheit, mein Herr, aber ich glaube, Ihre Aufzählung der heiligen Bücher enthält eine Lücke.

Reault (piquirt). Sie glauben, mein Fräulein —

Lucy. Ich hörte Sie weder den Mahabharata noch den Ramajana citiren.

Reault. Weil diese Bücher keine Offenbarungen enthalten, mein Fräulein. Es sind nur einfache Dichtungen, welche das Alter allerdings für die Hindus zu einem Gegenstande der Verehrung macht, sie bleiben aber doch nur Dichtungen.

Lucy. Aber die Akademie von Kalouka.

Reault. Das ist mindestens die Meinung der Brahminen. Wenn Sie eine a n d e r e haben.

Suzanne. Herr Bellac?

Bellac. Mein Fräulein —

Suzanne. Geben Sie mir Ihren Arm. Ich möchte gern ein wenig Luft schöpfen.

Bellac. Aber — mein Fräulein —

Suzanne. Sie wollen nicht?

Bellac. Glauben Sie nicht, daß in diesem Augenblick —

Suzanne. Kommen Sie doch, kommen Sie — (Sie drängt ihn.)

Beide (ab).

Roger (zur Herzogin). Tante, sie geht mit ihm in den Garten!

Herzogin. So folge ihnen — oder warte, ich will Dich begleiten. Ich möchte ohnedies ein wenig promeniren, um wieder munter zu werden, denn der alte Bonze hat mich mit seinem Brahma förmlich eingeschläfert.

Toulonnier (zu Reault). Voll neuer Gesichtspunkte und voll Gelehrsamkeit. (Leise.) Ich habe Ihre Anspielung am Schlusse ganz gut verstanden, mein lieber Baron, aber das war unnötig. Sie wissen ja, daß Sie auf uns rechnen können. (Sie drücken sich die Hände.)

Ceran (zu Reault). Verzeihung! (Leise zu Toulonnier.) Nicht wahr, Sie werden meinen Sohn nicht vergessen?

Toulonnier. Ich werde eben so wenig mein Versprechen vergessen, als Sie das Ihre, Gräfin —

Ceran. Sie werden Ihre sechs Stimmen im Senate haben, das ist abgemacht. Aber es ist auch abgemacht, daß mein Sohn sofort nach der Veröffentlichung seines Berichtes — —

Toulonnier. Gräfin, Sie wissen, daß wir Ihnen ganz zu Diensten stehen.

Paul (kommt mit Jeanne aus dem Garten). Ich sage Dir, daß man uns gesehen hat.

Jeanne. Ah pah — unter den Bäumen ist es ja ganz dunkel.

Paul. Schon vor dem Diner wären wir beinahe im Corridor erwischt worden! Zweimal, das ist zu viel, ich will nicht mehr.

Jeanne. Hast Du mir versprochen, mich heimlich zu küssen? Ja oder nein?

Paul (lebhaft). Und Du, willst Du Präfectin werden, ja oder nein?

Jeanne (ebenfalls lebhaft). Ja, ich will Präfectin werden, aber ich will darum nicht Witwe sein!

Ceran (nähert sich ihm).

Paul (leise). Pst! Die Gräfin! — Wahrhaftig, Jeanne, Sie ziehen den Rhagorata vor?

Jeanne. Mein Gott, mein Freund, der Rhagorata —

Ceran. Wie? Sie haben von dieser Wissenschaft etwas verstanden, Frau Raymond? Unser armer Saint Reault erschien mir gerade heute besonders weitschweifig und unklar.

Paul (bei Seite). Die Concurrenz.

Jeanne. Zum Schlusse indessen wurde er sehr verständlich.

Ceran. Ach ja, die Candidatur. Sie haben also verstanden?

Jeanne. Und dann die Wissenschaft, welche den Glauben zurückstößt, bedarf sie nicht selbst ein wenig des Glaubens? sagt Diderot.

Ceran. Sehr hübsch. Ich muß Sie Jemanden vorstellen, der Ihnen sehr nützlich sein wird, dem General de Briais, er ist Senator.

Jeanne. Und der Deputirte, Frau Gräfin?

Ceran. Der Senator ist mächtiger.

Jeanne. Aber der Deputirte vielleicht einflußreicher.

Ceran (zu Jeanne). Es sei, ich werde sie Beiden vorstellen.

Paul (hinter Ceran, der er folgt). Du bist ein Engel!

Jeanne (ebenso). Wir werden uns also wieder küssen.

Paul. Ja aber erst, wenn wir irgendwo allein sein können, während das Trauerspiel vorgelesen wird.

Diener (anmeldend). Frau Baronin von Boines. Herr Baron Melchior von Boines.

Baronin. Meine Theure, komme ich noch zurecht?

Ceran. Für die Wissenschaft zu spät, für die Poesie zu früh. Aber ich erwarte noch meinen Dichter.

Baronin. Wen?

Ceran. Einen unbekannten Poeten.

Baronin. Jung?

Ceran. Ich weiß es nicht. Ich weiß nur, daß das Drama, welches er uns vorlesen wird, sein erstes Werk ist. Gajac bringt mir ihn. Sie wissen ja, Gajac vom „Conservatoire". Sie sollen um 9 Uhr hier sein. — Ich begreife nicht —

Baronin. Der Zufall ist mir also ganz besonders günstig, denn ich komme eigentlich weder wegen des Gelehrten, noch wegen des Poeten, sondern seinetwegen — Bellac's wegen! Denken Sie nur, meine Theure, daß ich ihn noch nicht kenne! Er soll hinreißend sein, die Baronin Okolitsch schwärmt für diesen Professor! Wo ist er? O, zeigen Sie ihn mir, Gräfin!

Ceran. Ich suche ihn gerade, aber ich —

Bellac (tritt mit Suzanne ein).

Ceran (sieht ihn eintreten). Ah!

Baronin. Ist's der, welcher mit Fräul. v. Villiers eintritt?

Ceran. Ja!

Baronin. Und Sie lassen ihn so ohne Weiteres mit der Kleinen herumspazieren!

Ceran (bei Seite, Bellac und Suzanne betrachtend). Das ist sonderbar!

Melchior. Und Roger. Gräfin, wo finde ich ihn, um ihn zu begrüßen?

Ceran. Das wird augenblicklich kaum möglich sein, ich glaube, er ist in voller Arbeit.

Herzogin und **Roger** (treten ein).

Ceran (bei Seite). Mit der Herzogin? Was mag da wohl vorgehen?

Roger (zur Herzogin, sehr bewegt). Tante, Sie haben selbst gehört.

Herzogin. Ja, aber ich habe nicht gesehen.

Roger. Diesmal war's doch unleugbar ein Kuß?

Herzogin. Und ein ordentlicher! — Wer mag sich hier nur so innig und so laut küssen?

Roger. Wer! Wer!

Herzogin. Deine Mutter!

Ceran. Wie, Roger, Du bist nicht bei der Arbeit?

Roger. Nein, Mutter, ich —

Ceran. Und Deine Grabdenkmäler? —

Roger. Ich habe Zeit, ich werde die Nacht durch arbeiten. — Ich — Uebrigens kommt es ja auf einen Tag nicht an —

Ceran. Du glaubst? — Weißt Du denn nicht, mein Sohn, daß der Minister Deine Arbeit erwartet?

Roger. Nun, so mag er noch länger warten. (Entfernt sich.)

Ceran (verdutzt). Herzogin, was soll das bedeuten?

Herzogin. Sage mir, sollte heute nicht etwas vorgelesen werden? Etwas Gesundheitsschädliches, eine Tragödie oder was weiß ich?

Ceran. Ja.

Herzogin. Nun, dann schicke Deine Gäste in den andern Salon und überlasse mir diesen, ich bedarf seiner, und je eher ich ihn für mich habe, desto besser.

Ceran. Wozu?

Herzogin. Das werde ich Dir während der Tragödie sagen.

Diener (anmeldend). Herr Vicomte von Gajac, Herr Desmillets —

Herzogin. Da kommt ja Dein Poet gerade recht.

Die Damen (murmelnd). Der Dichter — das ist der Dichter — der junge Dichter — Wo denn? — Wo denn?

Gajac. Ich habe mich zu entschuldigen, Gräfin, aber mein Journal hat mich zurückgehalten. (Leise.) Ich habe den Bericht über Ihre Soirée vorbereitet. (Laut.) Herr Desmillets, mein Freund, der tragische Dichter, dessen Talent Sie sogleich zu würdigen die Gelegenheit haben werden.

Desmillets (alt und kahl). Frau Gräfin —

Herzogin. Das ist also der junge Dichter? Für einen Debütanten etwas abgetragen!

Arriego. Schrecklich!

Baronin. Ganz grau.

Fr. v. Reault. Kahl!

Loudan. Das kann kein Talent sein! Er ist zu häßlich, meine Theure.

Ceran. Meine Gäste und ich, mein Herr, freuen uns sehr auf den Genuß, den Sie uns bereiten wollen.

Loudan. Zeugen eines ersten Erfolges sein zu können! Wir sind Ihnen zu großem Danke verpflichtet, mein Herr.

Desmillets (verlegen). O, gnädige Frau —

Ceran. Es ist Ihr erstes Werk?

Desmillets. Ich habe auch Gedichte gemacht.

Gajac. Welche von der Akademie gekrönt wurden, Frau Gräfin. Wir sind preisgekrönt!

Ceran. Und dies ist Ihr erstes Bühnenwerk? Die Reife an Jahren verbürgt übrigens die Reife des Talentes.

Desmillets. Du lieber Himmel, Frau Gräfin, das Stück ist seit fünfzehn Jahren vollendet.

Die Damen. Fünfzehn Jahre! Ist es möglich? Wirklich?

Gajac. O, Desmillets glaubt an sich. Man muß diejenigen unterstützen, welche glauben! Nicht wahr, meine Damen?

Loudan. Ja, er hat Recht — ein solcher Glaube muß ermuthigt werden. Die Tragödie, nicht wahr, Herr General, die Tragödie —

General. Ja so — — die Tragödie. Horace! Cinna! Sie ist nothwendig. Gewiß, es muß eine Tragödie geben — für das Volk! Darf man den Titel wissen?

Desmillets. Philippus Augustus!

General. Ein sehr schöner Stoff! Ein militärischer Stoff. — In Versen ohne Zweifel?

Desmillets. General — eine Tragödie —

General. Und wahrscheinlich in mehreren Acten?

Desmillets. Fünf.

General (sehr laut). Ah! — Ah! — (Wohlwollend.) Um so besser! Um so besser!

Jeanne (leise zu Paul). Fünf Acte, welch' ein Glück! Wir werden Zeit haben, uns nach Herzenslust zu küssen.

Paul. Sßt!

Loudan. Eine langwierige Arbeit!

Arriego. So etwas muß ermuthigt werden.

Suzanne (hört man lachen).

Ceran. Suzanne!

Herzogin. Vorwärts, entführe mir diesen neuen Euripides — sammt seinem Führer und allen Anderen.

Ceran. Nun denn, meine Damen, folgen Sie mir zur Lecture in den großen Salon! Sind Sie bereit, mein Herr?

Londan. Ich beschwöre Sie, Frau Gräfin, lassen Sie uns vorher unser kleines Complot zur Ausführung bringen. Die Damen und ich, wir haben uns verabredet. — (Laut.) Herr Bellac! —

Bellac. Marquise?

Londan. Wir wollen uns eine Gunst von Ihnen erbitten. Das poetische Werk, welches wir sofort hören sollen, wird wohl den ganzen Rest des Abends in Anspruch nehmen. (Zu Bellac.) Sagen Sie uns vorher noch einen schönen Gedanken, wie kurz er auch sei, das Genie wird ja nicht nach dem Umfange gemessen! Also irgend Etwas! Sprechen Sie! Ihre Worte werden uns Manna sein.

Suzanne. Ja, Herr Bellac.

Arriego. Ach, seien Sie so gut.

Baronin. Wir flehen! Etwas Bedeutendes!

Bellac. O, meine Damen — —

Londan. Helfen Sie uns, Lucy. Sie sind ja seine Muse, verlangen Sie es von ihm.

Lucy. Gewiß verlange ich es.

Suzanne. Und ich befehle es.

Bellac. Wenn man Gewalt gegen mich anwendet —

Londan. Er willigt ein, rasch ein Fauteuil — —

Arriego. Einen Tisch.

Londan. Wollen Sie, daß wir ein wenig zurücktreten?

Ceran. Platz, meine Damen — Platz!

Bellac. Ich bitte Sie, nichts, was an eine Vorlesung erinnert.

Birot (zum General). Geben Sie Acht, das Gesetz ist populär.

Alle. Stst!

Bellac. Nichts, was nach Pedanterie riecht! Ich beschwöre Sie, meine Damen! Wir wollen plaudern! Befragen Sie mich und ich werde antworten.

Londan. Ich habe eine Idee! Sagen Sie uns etwas aus Ihrem Buche!

Arriego. Ja, aus seinem Buche!

Baronin. Aus Ihrem Buche, ja!

Suzanne. Ja, Herr Bellac.

Bellac. Solchen Bitten widerstehen zu müssen! — Und doch muß ich es thun. Bevor mein Buch nicht aller Welt angehört, soll es Niemand angehören. Uebrigens werden Sie mir beistimmen, meine Damen, daß hier weder der Ort noch jetzt die Stunde ist, um uns in eines der ewigen Probleme zu vertiefen, in denen sich Seelen, wie die Ihren, gefallen, welche beständig von den geheimnißvollen Räthseln des Lebens und des Jenseits beschäftigt werden.

Die Damen. Ah, das Jenseits, meine Theure, das Jenseits —

Bellac. Unter diesem Vorbehalt stehe ich zu Diensten. Und da kommt mir eben eine jener Fragen in den Sinn, über welche immer gestritten wird, die aber niemals entschieden werden, und über welche ich mir die Erlaubniß erbitte, mich aussprechen zu dürfen.

Die Damen. Ja, jawohl, sprechen Sie.

Bellac (sich setzend). Ich werde also sprechen und hierbei ein dreifaches Ziel in's Auge fassen. Vor Allem will ich Ihnen gehorchen, meine Damen. (Loudan ansehend.) Dann eine verlorene Anhängerin wiedergewinnen — —

Suzanne. Frau von Loudan —

Baronin. Das geht Sie an, meine Liebe.

Bellac (Lucy ansehend). Und endlich eine sehr gefährliche Gegnerin bekämpfen. Sehr gefährlich — in jeder Beziehung.

Die Damen. Das ist Lucy! Lucy! Lucy!

Bellac. Es handelt sich um — die Liebe!

Die Damen. Ah! Ah!

Herzogin. Der Abwechslung wegen.

Suzanne. Bravo! (Leichtes Gemurmel.)

Jeanne. Sie ist auf gutem Wege für ein junges Mädchen.

Bellac. Um jene Liebe, deren Schwäche — Kraft und deren Gefühl — Glaube ist. Der einzige Glaube vielleicht, der keine Leugner hat.

Die Damen. Ah, ah! Bezaubernd.

Loudan. Seine Schwingen, meine Theuere, hören Sie seine geistigen Schwingen rauschen?

Bellac. Ich wurde heute Morgens bei der Fürstin Bladoff im Gespräche über die deutsche Literatur auf eine gewisse Philosophie gebracht, welche den Instinct zur Basis und zum Regulator aller unserer Handlungen und aller unserer Gedanken macht.

Die Damen (protestirend). Oh! Oh!

Bellac. Nun denn, ich benütze die Gelegenheit, um laut und feierlich zu erklären, daß diese Ansicht nicht die meine ist, und daß ich sie mit der ganzen Entschiedenheit einer Seele zurückweise, welche stolz auf ihr Dasein ist.

Die Damen. Sehr gut, —— das lassen wir uns gefallen.

Baronin. Welch' eine schöne Hand — —

Bellac. Nein, meine Damen, nein! Die Liebe ist nicht, wie der deutsche Philosoph behauptet, ein trügerisches Gaukelbild, dessen sich die Natur bedient, um den Menschen zu blenden und seinem Endzwecke zuzuführen. — — Nein, und hundertmal nein, da wir ja eine Seele haben.

Die Damen. Ja, ja, wir haben sie.

Suzanne. Bravo!

Herzogin. Kein Zweifel, das thut sie absichtlich.

Bellac. Ueberlassen wir diese Theorien, welche die Herzen erniedrigen, den Sophisten und den gemeinen Naturen, bestreiten wir sie nicht einmal, sondern übergehen wir sie vielmehr — mit tiefem Schweigen, der Sprache des Vergessens.

Die Damen. Entzückend!

Bellac. Gott bewahre mich davor, daß ich soweit gehe, den unumschränkten Einfluß der Schönheit auf den wankelmüthigen Willen der Männer zu leugnen. (Blickt um sich.) Ich sehe so viel Schönheit um mich, welche mich siegreich widerlegen würde.

Die Damen. Ah! Ah!

Roger. Ah! Ah!

Herzogin. Ja.

Bellac. Aber über dieser sichtbaren vergänglichen Schönheit steht eine andere, welcher der Zahn der Zeit nichts anhaben kann, welche dem Auge unsichtbar ist, welche der gereinigte Geist allein bewundert und mit überirdischer Gewalt liebt. Diese Liebe, meine Damen, ist die wahre Liebe, ist die Vermählung zweier Seelen, welche sich über den irdischen Schlamm zum Fluge in die blaue Unendlichkeit des Ideals erheben.

Die Damen. Bravo! Bravo!

Herzogin. Ist das ein Galimathias!

Bellac (sie ansehend). Diese Liebe wird von den Einen verlacht, von den Anderen verleugnet, und sie bleibt der Mehrzahl unbekannt. (sich verbeugend). Und doch besteht diese Liebe! Vornehme Herzen haben sie empfunden, große Dichter haben

sie besungen und man sieht im apotheotischen Himmel unserer
Träume ihre leuchtenden und unsterblichen Vorbilder thronen,
als die unbefleckten Zeugen dieser ewigen und seelischen Liebe,
Beatrice, Laura.

Herzogin. Laura? Aber mein guter Herr Bellac, Laura
hatte eilf Kinder!

Die Damen. Aber Herzogin!

Herzogin. Eilf Kinder und das nennen Sie psychisch?

Loudan. Aber Herzogin, man muß gerecht sein. Petrarca
war nicht ihr Vater. — —

Bellac. Nein, nein, die Seele hat ihre eigene Sprache,
ihre eigenen Neigungen, ihre eigenen Genüsse und ihre eigenen
Qualen — — kurz, sie hat ihr eigenes Leben.

Die Damen. Ah! Ah! Wie tief!

Bellac. Und das sollte die moderne Wissenschaft begreifen,
(Reault firirend.) trotzdem man sie im bleiernen Materialismus
an die Erde schmiedet. Und da unser ehrwürdiger Meister und
Freund gerade zuvor eine vielleicht übereilte Anspielung auf
einen Verlust gemacht hat, welchen die Wissenschaft hoffentlich
noch nicht sobald zu beklagen haben wird, so füge ich hinzu,
indem ich mich (Toulonnier firirend) ebenfalls an unsere Regierenden
wende: Das ist's, was die Jugend lernen sollte, welche Revel
bisher unterrichtet hat. — — Was sie Derjenige lehren sollte,
der, wo er auch sei, erwählt wird, sie nach ihm zu unterrichten,
und zwar nicht — ich bitte deshalb meinen illustren Collegen
um Entschuldigung — nicht mit der ungenügenden Autorität
der erworbenen Ansprüche der Gelehrsamkeit und des Alters,
sondern mit der unwiderstehlichen Macht einer noch jungen
Stimme und eines nie versiegenden Eifers!

Alle. Bravo! Bezaubernd! Wunderbar! Prächtig!
(Erheben sich. Lärm.)

Die Damen (umgeben Bellac).

Herzogin. Uebertrumpft, Herr von Saint Reault.

Paul. Zweite Candidatur!

Loudan. O, Herr Bellac, Sie sehen mich überwältigt
von der Macht Ihrer Worte.

Suzanne. Mein theurer Professor!

Baronin. Welch' ein Genuß!

Arriego. Das ist herrlich, herrlich, herrlich!

Bellac. O, meine Damen, ich habe nur Ihre innersten
Gedanken in Worte gekleidet.

Loudan. Er ist bezaubernd, geradezu bezaubernd!

Bellac. Wir sind also wieder versöhnt, Marquise?

Loudan. Kann man Ihnen gram bleiben? (Die Baronin vorstellend.) Baronin von Boines — —. noch ein Opfer, welches Ihrer Verführungskunst erlegen ist, auch sie zieht von heute an an Ihrem Triumphwagen.

Baronin. Ich habe geweint, mein Herr.

Bellac. O, Frau Baronin!

Arriego. Nicht wahr, das ist herrlich!

Baronin. Herrlich!

Suzanne. Und wie ihm warm geworden ist.

Bellac (sucht sein Taschentuch).

Suzanne. Sie haben kein Taschentuch? Da! (Gibt ihm das ihrige.)

Bellac. O, mein Fräulein.

Ceran. Aber Suzanne, wie können Sie nur — —

Suzanne (zu Bellac, der ihr das Taschentuch zurückgeben will). Behalten Sie es nur, ich will Ihnen eine Erfrischung holen.

Loudan (nach rückwärts gehend). Ja, ja, eine Erfrischung für Bellac.

Roger. Jetzt sehen Sie selbst, Tante.

Herzogin. All' das ist so arg, daß unmöglich etwas Ernstes dahinter stecken kann.

Bellac (leise zu Lucy). Und Sie, sind Sie nun überzeugt?

Lucy. Für mich ist der Begriff der Liebe — doch davon später!

Bellac. Um zehn Uhr im Gewächshaus?

Lucy. Ja, wollen Sie ein Glas Wasser? (Geht nach rückwärts.)

Loudan (mit einem Glas Wasser zu Bellac tretend). Der Himmel möge mir verzeihen, es ist nur klares Wasser. Das Geheimniß des Nektars ist leider verloren gegangen.

Arriego (mit einem Glas Wasser). Ein Glas Wasser, Herr Bellac?

Loudan. Nehmen Sie es von mir, von mir!

Arriego. Nein, von mir!

Bellac. Aber — —

Lucy. Hier ist meines!

Loudan. Er wird das Glas von Lucy nehmen, ich bin dessen gewiß — ich bin eifersüchtig! Nehmen Sie es von mir!

Suzanne (kommt und nöthigt ihm ihr Glas auf). Keineswegs, er wird das meine nehmen, der Verräther

Lucy. Aber Fräulein —

Loudan. Wie anmaßend die Kleine ist!

Roger (zur Herzogin). Tante!

Herzogin. Was kann sie nur haben?

Roger. Seit der Ankunft Bellac's ist sie wie umgewechselt.

(Die Thüren des großen Saales werden geöffnet. Er erscheint beleuchtet.)

Herzogin. Endlich! (zu Ceran.) Nimm Deine Gesellschaft mit Dir, das ist der richtige Augenblick dazu!

Ceran. Wenn es gefällig ist, meine Damen, zur Lecture unserer Tragödie. Kommen Sie in den großen Salon. Nach der Tragödie nehmen wir den Thee im Gewächshaus.

Lucy
Bellac (zugleich). Im Gewächshaus?
Suzanne

Roger (leise zur Herzogin). Haben Sie gesehen, Suzanne hat eine Bewegung gemacht.

Herzogin. Bellac ebenfalls und ganz auffallend.

Loudan. Vorwärts, meine Damen! die Muse ruft!

(Die Gesellschaft geht langsam nach dem zweiten Saal.)

General (zu Paul). Wie, mein lieber Unterpräfect — drei Jahre —

Ceran. Vorwärts, General!

General. Ja, die Tragödie — — Sie haben Recht, so was muß unterstützt werden — — fünf Acte — in Gottes Namen!

Jeanne (leise zu Paul). Abgemacht, so bald es möglich, im Gewächshaus.

Paul. Ja, es ist abgemacht!

General. Also wirklich drei Jahre auf demselben Posten. Und man sagt die Regierung sei nicht conservativ.

Paul. Ausgezeichnet, Herr Senator, wirklich ausgezeichnet.

General (bescheiden). O!

Toulonnier (zu Loudan). Abgemacht, Marquise. (Zu Arriego.) Zu ihren Diensten, gnädige Frau.

Melchior (zu Toulonnier). So darf ich also hoffen, Herr Generalsecretär?

Toulonnier. Aber, mein werther Freund, Sie wissen ja, daß der Platz von Rechtswegen Ihnen gebührt. (Sie gehen durch die Mitte ab.)

General (zu Paul, mit ihm nach rückwärts gehend). Welcher Geist herrscht in Ihrem Departement, mein werther Herr

Unterpräfect? Sie müssen ihn doch kennen, zum Teufel, nach drei Jahren.

Paul. Du lieber Himmel — General — der Geist — ich will Ihnen sagen — mein Departement — hat keinen Geist! —

Beide (ab).

Suzanne (bricht in Lachen aus, streift im Vorbeigehen die Tasten des offenen Pianos).

Ceran (strenge zu Suzanne). Suzanne, wahrhaftig — —

Suzanne (mit verwunderter Miene). Was denn?

Herzogin (sie aufhaltend und ihr gerade in's Gesicht sehend). Was hast Du?

Suzanne. Ich — mein Gott, ich unterhalte mich.

Herzogin. Ich will wissen, was Du hast!

Suzanne (mit verhaltenem Schluchzen.) Ich habe Kummer. (Geht in den großen Salon und schlägt die Thüren heftig hinter sich zu.)

Herzogin. Das ist Liebe oder ich verstehe nichts davon — und ich denke doch Erfahrung darin zu haben.

Zweite Scene.

Roger. Herzogin. Ceran.

Ceran. Aus welchem Grunde bist Du noch immer nicht bei Deiner Arbeit; sage mir doch endlich, was vorgeht?

Roger (sehr bewegt). Sie hatten nur zu sehr Recht, Mutter!

Ceran. Suzanne!

Roger. Sie — und dieser Mensch —

Herzogin. Schweig' — Du würdest eine Dummheit sagen.

Roger. Aber — —

Herzogin (zu Ceran). Mit einem Worte! Wir haben einen Brief gelesen, den sie in der Hand hatte —

Ceran. Von Bellac?

Herzogin. Das weiß ich nicht.

Roger. Wie?

Herzogin. Verstellte Züge — nicht unterschrieben — ich kann also nicht behaupten —

Roger. Ja — ja — o, er will sich nicht compromittiren — aber hören Sie mich —

Herzogin (zu Roger). Schweig'! (Zur Frau von Ceran.) Höre! „Ich komme Dienstag an".

Roger. Heute. Folglich ist er es oder ich bin es!

Herzogin. So schweige doch endlich! „Dienstag um 10 Uhr im Gewächshaus".

Roger. „Schützen Sie eine Migräne vor".

Herzogin. Richtig, die Migräne hatte ich vergessen.

Ceran. Aber, das ist ja ein Rendezvous.

Herzogin. Somit ist Alles klar.

Ceran. Und sie?

Herzogin. Das ist's eben — —

Roger. Ich glaube doch — —

Herzogin. Du glaubst? Du glaubst? Wenn es sich darum handelt, eine Frau anzuklagen, verstehst Du — — eine Frau, so genügt es nicht, zu glauben, sondern man muß sehen. Und wenn man dann gesehen und dann noch einmal gesehen hat, dann — nun dann ist es vielleicht noch immer nicht wahr! Ah! (Bei Seite.) Es ist immer gut, den jungen Leuten derlei zu sagen. Pflicht der Collegialität!

Ceran. Nun, was habe ich gesagt, ein Rendezvous? — Sie verleugnet ihre Abkunft nicht — in meinem Hause! Herzogin, was gedenken Sie nun zu thun? Sagen Sie es rasch. — Ich habe zwar gebeten, daß man ohne mich beginne, aber ich kann doch nicht ewig hier bleiben. Hören Sie nur, man hat angefangen, das ist der Dichter. Ich beschwöre Sie, was werden Sie nun thun?

Herzogin. Was ich thun werde? — Ganz einfach hier bleiben. Es ist dreiviertel auf 10 Uhr. Wenn sie sich zu dem Rendezvous begeben will, muß sie hier vorbei.

Roger. Und wenn sie hingeht, Tante?

Herzogin. Dann, mein Neffe — — nun dann, dann gehe ich auch hin. Natürlich, ohne ein Wort zu sagen. Und da werde ich sehen, wie weit sie sind. Und wenn ich das weiß, nun dann wird es immer noch Zeit sein zum Handeln.

Roger (setzt sich). Es sei! warten wir also.

Ceran. O, Du mein Freund, bist hier ganz überflüssig. (zur Herzogin.) Sie sind ja hier. — Mache Dich an Deine Grabdenkmäler, geh! (Drängt ihn zur Thüre.)

Roger. Erlauben Sie, meine Mutter, es handelt sich — —

Ceran (dasselbe Spiel). Es handelt sich um Deine Stelle. Also vorwärts! geh! geh!

Roger (widerstrebend). Verzeihen Sie meinen Ungehorsam aber —

Ceran (strenge). Roger!

Roger. Ich beschwöre Sie Mutter! — es wäre mir ja heute ohnedies unmöglich, auch nur eine Zeile zu schreiben! — Ich bin zu sehr — ich weiß nicht — ich bin ganz verwirrt. Ich habe das Gefühl, nicht Alles für das Mädchen gethan zu haben, was ich zu thun verpflichtet war. Ich bin sehr erregt. — Bedenken Sie doch, Mutter — Suzanne — aber das wäre entsetzlich!

Ceran. Roger, Du nimmst die Sache zu ernst.

Roger. Ich bin ja ihr Vormund! Ich habe mich verpflichtet, über sie zu wachen, denken Sie nur an meine Verantwortlichkeit — — die Ehre dieses Kindes. Ich habe ein geheiligtes Gut zu bewahren! Ich wäre minder strafbar, wenn ich sie an ihrem Vermögen bestehlen ließe. Und da wollen Sie mir von Tumulis sprechen? Hier handelt es sich gerade um Tumuli! Zum Teufel mit dem Tumuli!

Ceran (erstarrt). Ah!

Herzogin. Schau! Schau!

Roger. Kurz und gut, wenn es wahr ist, wenn dieser Elende es wirklich wagte, alle Rücksichten zu vergessen, die er sich selbst, die er ihr und die er wohl auch ein wenig uns schuldet, so rücke ich ihm auf den Leib und beschimpfe ihn vor aller Welt.

Ceran. Mein Sohn!

Roger. Jawohl, vor aller Welt!

Ceran. Aber das ist ja Wahnsinn! — — Herzogin, verzeihen Sie — —

Herzogin. Was verzeihen, mir ist er so viel lieber — — Du weißt ja — —

Ceran. Roger — —

Roger. Nein, Mutter, nein! — — Das geht mich an! — — Ich werde warten! (Setzt sich nieder.)

Ceran. Gut, ich werde auch warten.

Roger. Sie?

Ceran. Ja, ich will sie sprechen. —

Herzogin. Nimm Dich in Acht! Ich werde mich zu beherrschen wissen!

Ceran. Beruhigen Sie sich! — Wenn sie aber auf ihrer Absicht besteht, so wird sie mindestens die Folgen kennen lernen. Ich werde warten! (Setzt sich.)

Herzogin. Und nicht lange mehr. In fünf Minuten ist es zehn Uhr. Wenn sie die Migräne haben will, so muß sie sie bald bekommen. (Die Thüre des Salons öffnet sich langsam.) Sßt!

Roger. Da ist sie!
(In dem Maße, als sich die Thür öffnet, hört man den Dichter declamiren.)

Desmillets (außen). D'rum kämpfend für die gute und gerechte Sache, — Verfolgend bis zum Tod die fürchterliche Rache, — Verschon' ich nicht sein Grab!

Jeanne (erscheint).
(Die Stimme verhallt in dem Maße, als die Thüre sich wieder schließt.)

Herzogin (bei Seite). Die Unterpräfectin!

Dritte Scene.

Vorige. Jeanne.

Jeanne (verlegen, da sie die Anderen sieht). Ach!

Herzogin. Kommen Sie nur, kommen Sie nur! Nun, es scheint, daß Sie bereits genug haben.

Jeanne. Gewiß nicht, Frau Herzogin — aber —

Herzogin. Ich sehe schon, Sie sind keine Freundin der Tragödie.

Jeanne. Doch — o doch!

Herzogin. Vertheidigen Sie sich nicht. Sie sind nicht die Einzige. (Bei Seite.) Was will Sie nur? (Laut.) Das Stück ist schlecht, wie?

Jeanne. O, im Gegentheil —

Herzogin. Im Gegentheil? „Jawohl", wie wenn man Jemand auf dem Fuß tritt. — „Ich habe Ihnen wehe gethan?" — „O, im Gegentheil!"

Jeanne. Nein, wirklich, es enthält ganz hübsche Sachen und einen recht schönen Vers.

Herzogin. So?

Jeanne. Man hat ihm auch tüchtig applaudirt. (Bei Seite.) Was thun?

Herzogin. Und was sagt dieser hübsche Vers!

Jeanne. „Die Ehre ist wie ein Gott — ein Gott — der" — Ich fürchte ihm den Duft zu nehmen, wenn ich schlecht citire.

Herzogin. Behalten Sie ihn für sich, mein Kind. Und Sie verlassen die Tragödie trotz dieses schönen Verses?

Jeanne. Mein Gott, zu meinem größten Bedauern, aber — (Bei Seite.) Was sagen? (Laut.) Ich weiß nicht, ist es die Anstrengung der Reise — oder die Hitze — kurz, ich fühle mich unwohl.

Herzogin. Ah!

Jeanne. Ja, meine Augen — es wird dunkel vor den Augen — ich glaube — ich — ich habe die Migräne.

Ceran
Herzogin } (zugleich, sich erhebend). Die Migräne?
Roger

Jeanne (erschrocken bei Seite). Was haben Sie denn.

Herzogin (nach einer Pause). O, das wundert mich nicht es liegt ja in der Luft.

Jeanne. Ah, Sie haben auch —

Herzogin. Migräne? — O nein! ich bin zu alt dazu — Also Sie, Sie haben die Migräne? — So, so — nun dann pflegen Sie sich nur, mein Kind.

Jeanne. Ich will ein wenig Bewegung machen. Sie entschuldigen mich, nicht wahr?

Herzogin. Gehen Sie doch, gehen Sie!

Jeanne (hält sich den Kopf und geht dem Garten zu). O mein Gott — mein Kopf! (Bei Seite.) Gelungen! — Paul wird sich schon aus der Verlegenheit helfen. (Ab.)

Vierte Scene.
Vorige, ohne Jeanne.

Herzogin (zu Roger). Und Du hast geglaubt — glaubst Du's vielleicht noch?

Roger. Das ist ein Zufall, Tante, weiter Nichts!

Herzogin. Ein Zufall? Möglich, aber Du siehst doch wie man sich irren kann, und darum soll man niemals —

(Die Thüre des Salons öffnet sich. Spiel wie vorher.)

Herzogin. Schon wieder Eine.

Desmillets (außen). Und wären's Hundert, wären's Tausend, einerlei!

Herzogin. Hat der eine Stimme, dieser alte Tyrtäus.

Desmillets. Ich kämpfte gegen sie allein, ein tapf'rer Leu, — Und fordert' Rechenschaft von dieser feigen Brut —

Lucy (erscheint).

Ceran. Roger. Lucy!

Fünfte Scene.
Vorige. Lucy.

Lucy (geht zur linken Seitenthüre).

Herzogin. Wie, Lucy, Sie gehen fort?

Lucy (stehen bleibend). Verzeihen Sie, ich habe Sie nicht gesehen.

Herzogin. Sie gehen und die Tragödie enthält doch, wie es scheint, einen hübschen Vers: „Die Ehre ist ein Gott! —"

Lucy (wiederholend und ihren Weg fortsetzend). „Wie ein Gott, der —"

Herzogin. Ganz richtig, es ist derselbe, der eine schöne Vers!

(Es schlägt zehn Uhr.)

Lucy (ist bei der Thüre).

Herzogin. Und Sie gehen dennoch fort?

Lucy (sich umdrehend). Jawohl, ich muß ein wenig Luft schöpfen, ich habe die Migräne. (Geht ab.)

Ceran. Herzogin. Roger (sich rasch setzend). Ah! Die Migräne!

Sechste Scene.

Vorige, ohne Lucy.

Herzogin. Ah, nun wird es interessant.

Ceran. Auch das ist ein Zufall.

Herzogin. Noch Einer! — Auch dieses Mal! — Wie? Also Alle, Alle, mit Ausnahme Suzannen's — das verstehe, wer will — sie wird nicht kommen, darauf möchte ich wetten.

(Die Thüre des Salons wird geöffnet. Man hört einen tragischen Aufschrei, aber rasch und unbestimmt.)

Suzanne (tritt ein, als wollte sie Jemanden einholen; sie bemerkt Roger und hält stille).

Herzogin. Da ist sie!

Siebente Scene.

Vorige, Suzanne.

Ceran (sich erhebend). Sie verlassen den Salon, mein Fräulein?

Suzanne (fortgehend). Ja, Cousine!

Ceran. Bleiben Sie —

Suzanne. Aber Cousine —

Ceran. Bleiben Sie — und setzen Sie sich.

Suzanne (läßt sich auf ein Tabouret fallen). Nun?

Ceran. Warum verlassen Sie den Salon, wenn ich fragen darf?

Suzanne. Weil mich das langweilt, was der Alte da d'rin declamirt.

Roger. Ist das auch der wahre Grund?

Suzanne. Nun, ich gehe, weil Lucy geht, da Sie durchaus einen anderen Grund haben wollen.

Ceran. Miß Wattson, mein Fräulein —

Suzanne. O, selbstverständlich! — Sie ist die Vollkommenheit, das Ideal! Sie darf thun, was ihr gefällt — während ich —

Roger. Während Sie, Suzanne?

Ceran. Laß' mich mit ihr sprechen.

Suzanne (dreht das Tabouret nach ihrer Seite).

Ceran. Während Sie, mein Fräulein, allein durch die Straße laufen.

Suzanne. Wie Lucy —

Ceran. Während Sie sich auf ganz auffallende Art kleiden —

Suzanne. Wie Lucy —

Ceran. Sie legen förmlich Beschlag auf Herrn Bellac, Sie suchen fortwährend mit ihm zu sprechen —

Suzanne. Wie Lucy! — Oder spricht sie nicht auch mit ihm und (auf Roger deutend) mit diesem Herrn da.

Ceran. O, heimlich, meine ich. Sie verstehen mich ganz gut.

Suzanne. Was die Heimlichkeit betrifft, so hat man ja nicht nöthig, sich zu sprechen — man schreibt sich (Roger scharf ansehend, mit halber Stimme) mit verstellter Schrift.

Ceran. Wie?

Roger (leise zur Herzogin). Tante!

Herzogin (ebenso). Sßt!

Ceran. Kurz —

Suzanne. Kurz, Lucy spricht, mit wem sie will, Lucy kommt und geht, wann sie will, Lucy kleidet sich, wie sie will. Ich aber will thun, was sie thut, da man sie doch so sehr herausstreicht.

Ceran. Und wissen Sie, warum man Lucy hochschätzt, mein Fräulein? Weil sie trotz einer gewissen Freiheit im Benehmen, welches übrigens eine Eigenthümlichkeit ihrer Nation ist, zurückhaltend, gesetzt und unterrichtet ist.

Suzanne (sich erhebend). Nun denn, und ich? War ich das Alles nicht auch? Sechs Monate lang bis heute Abend um fünf Uhr! Ich gab mir alle nur mögliche Mühe, ich arbeitete für Vier, ich studirte ebensoviel als Lucy und war nicht minder gelehrt als sie — ich weiß vom Subjectiven und Objectiven genau so viel, wie sie — und was habe ich nun vom Subjectiven! Liebt man mich vielleicht objectiv so wie sie? — Behandelt man mich nicht immer noch als Kind? — Und alle Welt thut das, jawohl! (Roger ansehend.) Alle Welt! Man beachtet mich nicht! Suzanne — das zählt gar nicht mit! Und warum all' das? Weil ich keine alte Engländerin bin.

Roger. Suzanne!

Suzanne. O, ja wohl, vertheidigen Sie nur Lucy! Ich weiß ganz genau, wie man sich benehmen muß, um Ihnen zu gefallen. — (Nimmt den Zwicker der Herzogin und setzt ihn auf.) Aesthetik! Schopenhauer! — Das Ich! — Das Nicht-Ich et caetera —

Ceran. Ersparen Sie uns Ihre Ungezogenheiten, mein Fräulein.

Suzanne (mit einer tiefen Verbeugung). Ich danke Ihnen, meine Cousine.

Ceran. Jawohl, Ihre Ungezogenheiten und Ihre muthwilligen Streiche.

Suzanne. Wie kann Sie mein Benehmen wundern, wenn ich ein ungezogenes Mädchen bin. (Lebhaft.) Nun denn, ja, ich begehe muthwillige Streiche und werde noch ganz andere begehen.

Ceran. Aber nicht mehr in meinem Hause, dafür stehe ich Ihnen gut.

Suzanne. Ja, ich bin mit Herrn Bellac in den Garten gegangen — ja, ich habe mit Herrn Bellac gesprochen, — ja, ich habe ein Geheimniß mit Herrn Bellac —

Roger. Sie wagen —

Suzanne. Und er ist gelehrter, als Sie und ich liebe ihn mehr als Sie! Ja wohl, ich liebe ihn! Ich liebe ihn!

Ceran. Ich will zu Ihrer Ehre glauben, daß Sie die Bedeutung dieses Wortes nicht kennen. —

Suzanne. Doch — doch, — ich kenne sie ganz genau.

Ceran. Also hören Sie mich an. Bevor Sie die neue Unschicklichkeit begehen, mit der Sie uns bedrohen, überlegen Sie wohl — die tollen Streiche und der Scandal schicken sich für Sie weniger, als für irgend Jemanden. Merken Sie sich das, Fräulein von Villiers.

Herzogin. Du gehst zu weit.

Ceran. O, Herzogin, sie muß doch wenigstens wissen —

Suzanne (ihre Thränen zurückhaltend). Seien Sie unbesorgt, ich weiß —

Herzogin. Was?

Suzanne (wirft sich weinend in ihre Arme). O Tante, Tante!

Herzogin. Suzanne, höre mich an, mein Kind! (Zu Ceran.) War es nothwendig diesen Gegenstand zu berühren? (Zu Suzanne.) Was weißt Du, was? (Setzt sie auf ihre Kniee.)

Suzanne (weinend und sprechend). Nun denn, ich weiß ganz genau, daß man etwas gegen mich hat — und seit Langem —

Herzogin. Wer hat Dir das gesagt?

Suzanne. Niemand — und alle Welt! Die Leute, welche Einen ansehen und zischeln, die schweigen, wenn man sich nähert — die Einen umarmen und „arme Kleine" nennen. — Glauben Sie, daß Kinder so etwas nicht fühlen?

Herzogin (ihr die Augen trocknend). Hör' mich, mein Herz, hör' mich!

Suzanne. Auch im Kloster. Ich sah bald, daß ich nicht wie die andern war, glauben Sie mir, ich sah's genau! Warum sprach man mir immer von meinem Vater und nie von meiner Mutter? Und einmal, während der Erholungszeit — ich spielte mit einer Großen und reizte sie, ich weiß nicht mehr womit, so sehr, daß sie mich plötzlich in ihrer Wuth das „illegitime Fräulein" nannte. — Sie wußte nicht, was das sagen wollte, ich auch nicht. — Sie hatte es von ihrer Mutter gehört, wie sie mir später gestand, nachdem wir uns wieder versöhnt hatten. — O, wie war ich unglücklich! (Zu Thränen ausbrechend.) Wir suchten zusammen im Wörterbuch, aber wir fanden nichts, oder wir verstanden das Gefundene mindestens nicht. — (Hervorbrechend.) Ich will endlich wissen, was das heißen soll, was mich hindert, aller Welt gleich zu sein, was die Ursache ist, daß ich es Niemanden recht machen kann und ob mich die Schuld trifft?

Herzogin. Nein, meine Kleine, nein, mein Herz! Du hast keine Schuld!

Ceran. Ich bedauere —

Suzanne. Nun denn, warum wirft man mir vor, was nicht meine Schuld ist? Ich bin hier Allen zur Last, ich weiß es. Ich will auch nicht mehr hier bleiben! Ich will fort von hier, weil mich hier Niemand liebt, Niemand!

Roger (sehr bewegt). Warum sagen Sie das, Suzanne? Das ist nicht recht von Ihnen; im Gegentheil, wir Alle — und ich —

Suzanne. (sich erhebend). Sie!

Roger. Ja, ich schwöre Ihnen —

Suzanne. Sie — ach, lassen Sie mich, — ich verabscheue Sie! Ich will Sie nie mehr sehen — verstehen Sie mich! Nie mehr! (Geht gegen den Ausgang zu).

Roger. Suzanne, Suzanne, wohin gehen Sie?

Suzanne. Wohin ich gehe? In den Garten. Oder richtiger ich gehe, wohin es mir beliebt.

Roger. Warum gerade jetzt? Weshalb gehen Sie in den Garten?

Suzanne. Warum? (Tritt auf ihn zu.) Weshalb? (Ihm fest in die Augen schauend.) Weil ich die M i g r ä n e h a b e? (Ab.)

Alle (erheben sich). Die Migräne!?

Achte Scene.
Vorige ohne Suzanne.

Roger. Nun denn, Tante, war das klar?

Herzogin (sich erhebend). Im Gegentheil, es wird immer unklarer.

Roger. Gut, ich will selbst sehen.

Ceran. Roger, wohin gehst Du?

Roger. In das Gewächshaus, um, wie die Tante sagt, zu erfahren, wie weit sie sind. Und ich schwöre Ihnen, wenn es wahr ist, wenn dieser Mann gewagt hat —

Ceran. So jage ich sie fort!

Roger. So jage ich ihm eine Kugel durch den Leib.

Herzogin. Und ich, wenn es wahr ist, ich verheirate sie. Aber es ist nicht wahr! Doch wir werden ja sehen. Komm! (Drängt sie.)
(Man hört applaudiren, Lärm von gerückten Stühlen und Sprechen.)

Ceran (zögernd). Aber — aber —

Herzogin. Noch ein zweiter hübscher Vers? Nein, das ist der Actschluß! Rasch, bevor sie kommen.

Ceran. Aber meine Gäste?

Herzogin. Pah, — die werden auch ohne Dich wieder einschlafen! — Komm, Komm! (Beide ab.)
(Die Thüre im Fond öffnet sich. Man sieht mehrere Gruppen im Nebensaal.)

General (herauskommend). Ich halte es nicht mehr aus.

Desmillets (im höchsten Pathos). „Und müßten wir auch tausend Tode sterben, wir weihen uns mit Jubel dem Verderben!"

Ende des zweiten Actes.

Dritter Act.

(Großes Gewächshaus mit Gas erleuchtet. Im Hintergrund Springbrunnen mit Bassin. Möbel, Sessel, Staudengewächse, Pflanzengebüsche, hinter denen man sich leicht bücken und verstecken kann.)

Erste Scene.

Herzogin. Ceran.

Beide (treten rechts im Hintergrund ein, zögern, sehen sich dann überall um und sprechen mit leiser Stimme).

Herzogin. Niemand?

Ceran. Niemand.

Herzogin. Gut! (Vorwärtskommend.) Drei Anfälle von Migräne.

Ceran. Es ist unerhört, daß ich den Dichter so im Stiche lasse.

Herzogin. Ach was, der liest seine Verse. Wenn ein Dichter seine Verse lesen kann, ist ihm alles Andere gleichgiltig!

Ceran. Wissen Sie, Tante, daß die Heftigkeit Roger's mich geradezu erschreckt hat? Ich habe ihn niemals so gesehen — niemals — was machen Sie denn da, Tante?

Herzogin (den Springbrunnen abdrehend). Du siehst es ja, ich sperre den Springbrunnen ab.

Ceran. Weshalb?

Herzogin. Um besser zu hören, mein Kind.

Ceran. Er muß irgend wo im Garten sein, um ihr zu folgen und sie zu beobachten. — Was wird geschehen? — O, die Nichtswürdige! — Wie, Herzogin, Sie löschen das Gas aus?

Herzogin. Ich drehe es nur ein wenig herunter.

Ceran. Wozu?

Herzogin. Um besser zu sehen, mein Kind.

Ceran. Um — —

Herzogin. Natürlich — je weniger man uns sehen wird, desto besser werden wir selbst sehen! — Drei Anfälle von Migräne. — Und ein einziges Rendezvous? Begreifst Du?

Ceran. Ganz unbegreiflich ist mir, daß Herr Bellac — —

Herzogin. Und ich begreife nicht, daß Suzanne — —

Ceran. O sie —

Herzogin. Sie! — Uebrigens wir werden ja sehen. Jetzt können sie kommen, Alles ist zu ihrem Empfang bereit.

Ceran. Wenn Roger sie beisammen trifft, ist er im Stande —
Herzogin. Pah! — Warten wir die Dinge ruhig ab.
Ceran. Aber —
Herzogin. Sst! Hörst Du?
Ceran. Ja!
Herzogin. Es war Zeit, komm!
Ceran. Wie, Sie wollen horchen?
Herzogin. Natürlich — da wir doch hören wollen. Ich kenne kein anderes Mittel — da in diesem Winkel werden wir vortrefflich aufgehoben sein. — Sei unbesorgt, wenn es nothwendig sein sollte, werden wir schon hervortreten. — Sst! — Man kommt!
Ceran. Ja!
Herzogin. Welche von den Beiden?
Ceran. Sie.
Herzogin. Suzanne?
Ceran. Ja! (Ueberrascht.) Nein!
Herzogin. Nicht sie?
Ceran. Nein — eine Andere.
Herzogin. Welche?
Ceran. Ich kann noch nicht unterscheiden —
Jeanne's Stimme. So komm' doch, Paul!
Ceran. Frau Raymond!
Herzogin. Abermals!

Zweite Scene.

Herzogin. Ceran. Jeanne. Paul.

Herzogin, Ceran (rechts, in der ersten Coulisse versteckt).
Jeanne. Was hast Du denn an dieser Thüre zu thun?
Paul (hinter der Scene). Da die Klugheit die Mutter der Sicherheit ist, so bin ich so klug, uns mit der gehörigen Sicherheit zu umgeben.
Jeanne. Auf welche Weise?
Paul (hinter der Scene). So — —
(Die Thürangel knarrt.)
Jeanne (erschreckt). Was ist das?
Paul (eintretend). Vortrefflich gelungen!
Jeanne. Was hast Du denn gemacht?
Paul. Ich habe einen Aufpasser hingestellt — ein Stück Holz in die Thürangel. — Wenn Jemand — ich sage nicht,

wenn Verliebte wie wir, denn die gibt es ja in diesem Zwinger nicht — wenn sich aber irgend Jemand von der Tragödie hierher retten sollte, so hat es für uns keine Gefahr. — Er macht die Thüre auf — sie stößt einen Schrei aus und wir retten uns durch die andere Thüre — ist das nicht wohl durchdacht? — Ja, wir Staatsmänner — und nun, meine Gnädige, da wir vor allen zudringlichen Blicken geschützt sind, nun ziehe ich den Mann der Oeffentlichkeit aus und erscheine als Privatmann, welcher seinen zu lange zurückgehaltenen Gefühlen die Zügel schießen läßt und Ihnen erlaubt, mich zu dutzen.

Jeanne. Das lasse ich mir gefallen. Endlich bist Du liebenswürdig.

Paul. Ich bin es, weil ich mich hier sicher fühle. Aber die Küsse auf den Gängen wie vor Tisch, als Du kamst, um mir beim Auspacken zu helfen —

Herzogin (bei Seite). Also sie waren's!

Paul. Oder diesen Abend im Garten —

Herzogin (bei Seite). Ebenfalls sie!

Paul. Davon will ich nichts mehr wissen! Das war zu unvorsichtig für dieses Haus. — Welch' ein Haus! — Nicht wahr? — Habe ich Dir zu viel gesagt? Man muß sehr gierig darnach sein, Präfect zu werden, daß man es über sich gewinnt, eine solche Langeweile zu ertragen.

Ceran. Was?

Herzogin (zu Ceran). Höre nur gut zu!

Jeanne. (läßt Paul neben sich setzen). Komm' hierher!

Paul (setzt sich, erhebt sich jedoch rasch wieder und geht erregt auf und ab). Welch' ein Haus! — Diese Bewohner und diese Gäste! — Ach was, Alle! Alle! Diese Frau Arriego! Dieser Dichter! Diese Marquise! Und diese Engländerin von Eis! Und dieser Roger von Holz! — Die einzige Herzogin ist vernünftig —

Herzogin (zu Ceran). Das ist für mich!

Paul. Dafür aber die Anderen — ah! Diese Gräfin!

Herzogin (zu Ceran). Und das ist für Dich!

Jeanne. So komme doch!

Paul (stellt sich vor sie). Und die Lecture! Und die Literatur! — Und die Candidatur für Revel's Lehrstuhl! — Ach, dieser Revel! Ein alter Schlaukopf, der jeden Abend stirbt, und am andern Morgen — mit einem neuen Posten vom Tode erwacht — (Will sich niedersetzen und fängt wieder von Neuem an). Und Saint Reault! Ach, dieser Saint Reault! Mit seinem Ramas, Ravanas und allen Flüchen Buddhas. (Setzt sich neben Jeanne.)

Ceran. O!

Herzogin. Er ist gar nicht übel.

Paul. Und der Andere, sag' einmal, der Bellac der Damen, dieser Schlaukopf mit seiner platonischen Liebe.

Jeanne. Ach, ist der albern!

Paul. Du glaubst? Hm! (Wüthend aufspringend.) Und die Tragödie! O diese Tragödie!

Jeanne. Was fehlt Dir denn, Paul?

Paul. Dieser „Philippus Augustus" mit seinem einzigen hübschen Vers! — Du lieber Himmel, alle Welt hat hübsche Verse gemacht, das gibt einem noch kein Recht, sie anderen vorzulesen. — Ich gestehe es reumüthig, ich habe auch gedichtet —

Jeanne. Du?

Paul. Als ich noch Student und nichts weniger als reich war — ich habe sogar meine Verse verkauft.

Jeanne. Einem Verleger?

Paul. Nein, einem Zahnarzt. „Die Plombeïde" oder „Die Kunst, Zähne zu plombiren". Gedicht in dreihundert Versen — für dreißig Francs — ich kann Dir einige davon zum Besten geben.

Jeanne. Nein, nein! Was Dir einfällt!

Paul. „O Muse, wenn es gibt ein Leiden
Auf diesem Erdenrund zu meiden,
So ist es, das die Wang' erhitzt,
Das Zahnweh, das im Munde sitzt".

Jeanne. Erbarmen, Paul! Um des Himmels Willen —

Paul. „Man ruft dann rasch: „Heraus den Zahn!"
Halt ein, Du Thor, welch' leerer Wahn.
Der Zahn, der schlecht, selbst den halt fest,
Erhalte Dir den kleinsten Rest!
Laß' ihn plombiren, nur nicht reißen,
Womit willst Du Fasane beißen?"

Herzogin. Ach, wenn ich nur noch Zahnschmerzen haben könnte!

Jeanne. Du beträgst Dich wie ein Schuljunge! Sollte man das für möglich halten, wenn man Dich im Salon sieht? (ihm nachahmend.) Du lieber Gott, mein Herr Senator — die Verträge von 1815 ach — ach — ach!

Paul. Du haſt Urſache zu ſpotten! — Du ſpringſt mit der Hausfrau ſchön um.

Ceran. Wie!?

Paul. Alle Hochachtung!

Jeanne. Je nun, mein Freund, ich thue, was Du mir anempfohlen.

Paul (ſie nachahmend). Ich thue, was Du mir anempfohlen — Du heilige Unſchuld und dieſe Flötenſtimme dazu! Du verſetzeſt der Gräfin Hegel und Schopenhauer und eine Menge lateiniſche Brocken! Und all' das iſt in Deinem eigenen Kopfe gewachſen.

Ceran. Wie? In ihrem eigenen Kopfe —

Herzogin. Das ſöhnt mich vollſtändig mit ihr aus.

Jeanne. Ich fühle keine Gewiſſensbiſſe. Eine Frau, die uns trennt und in den beiden äußerſten Flügeln des Schloſſes einquartiert — —

Ceran (ſich erhebend). Ich werde ſie bitten, dieſelben zu räumen.

Herzogin. Schweig' doch.

Jeanne. Es geſchah auch nur aus Bosheit — ich bin auch deſſen gewiß. — Am Ende muß doch eine Frau wiſſen, daß Neuvermählte ſich immer Etwas zu ſagen haben — — nicht wahr?

Paul (umarmt ſie). Ja wohl, immer.

Jeanne. Immer? Iſt das auch wirklich wahr? Und immer ſo Liebes?

Paul. Haſt Du eine reizende Stimme? Das hörte ich gerade zuvor wieder, als ich von den Verträgen von 1815 ſprach. So hell, weich und einſchmeichelnd! Ach, die Sprache iſt die Muſik des Herzens — ſagt Hegel.

Jeanne. Paul, ich will nicht, daß Du über ſo ernſte Dinge lachſt.

Paul. Laß mich doch ein wenig luſtig ſein, ich bitte Dich! Ich bin hier ſo glücklich! Du lieber Himmel, in dieſem Augenblicke iſt mir's wirklich ganz einerlei, ob ich Präfect von Carcaſſonne werde oder nicht.

Jeanne. Mir iſt's immer einerlei geweſen, mein Herr, das iſt der Unterſchied.

Paul (küßt ihr die Hand). Du reizende, kleine Frau!

Ceran. Aber das iſt ja von einer Unſchicklichkeit! —

Herzogin. Mir mißfällt es ganz und gar nicht. —

Paul (zärtlich). Ich habe so viel nachzuholen und so viel voraus zu nehmen — — Du begreifst doch — — ach, wann werden wir endlich wieder frei sein! O, mein theures Kind, Du weißt nicht, wie ich Dich liebe!

Jeanne. Doch — ich weiß es — —

Paul. Meine Jeanne!

Jeanne. Ach, Paul! Immer so, wie jetzt, nicht wahr, wiederhole mir's noch einmal.

Paul (umarmt sie). Immer!

Ceran. Herzogin!

Herzogin. Pah! Sie sind ja verheiratet..

(Die Thüre knarrt.)

Paul und **Jeanne** (erheben sich erschreckt). Horch!

Jeanne. Man kommt!

Paul. Laß uns fliehen! wie man in der Tragödie sagt.

Jeanne. Rasch! Rasch!

Paul. Siehst Du, wie gut es war, daß ich so vorsichtig gewesen bin.

Jeanne. Es ist recht ärgerlich, — wie unangenehm!

Beide (gehen rasch nach links ab).

Ceran. Es ist ein Glück, daß man sie gestört hat.

Herzogin. Ich bedaure es, denn jetzt ist's aus mit dem Lachen.

Dritte Scene.

Ceran. Herzogin (versteckt). **Bellac.**

Bellac. Diese Thüre macht einen Lärm —

Herzogin. Bellac! —

Bellac. Und finster ist es hier!

Ceran. Es ist also richtig Alles wahr. Sehen Sie!

Herzogin. Alles? — Nein, — ich sehe vorerst nur die Hälfte der Wahrheit.

Ceran. Die andere kann nicht weit sein, das wissen Sie so gut wie ich.

Herzogin. Auf alle Fälle kann es sich nur um den tollen Streich eines unbesonnenen Kindes handeln.

(Die Thüre knarrt.)

Da ist sie. Meiner Treu, ich habe Herzklopfen. — In solchen Dingen kann man sich leicht täuschen, wenn man seiner Sache auch noch so sicher zu sein glaubt. Siehst Du sie?

Ceran (ausschauend). Ja, sie ist es, wer sollte es auch sonst sein! Und Roger, der ihr gefolgt ist, wird auch gleich kommen. — — Vielleicht sollten wir uns zeigen?

Herzogin. Nein, nein, ich will nur erfahren, wie weit sie sind. Ich will reinen Wein haben.

Ceran. Ich sterbe vor Unruhe. (Immer spähend.) Decolletirt — das ist sie — ganz gewiß.

Herzogin. Kleine Spitzbübin — laß mich sehen. (Schau durch die Blätter, nach einer kleinen Pause.) Ah!

Ceran. Was gibt's?

Herzogin. Da, sieh selbst.

Ceran. Lucy!?

Herzogin. Lucy!

Ceran. Was soll das bedeuten?

Herzogin. Das weiß ich noch nicht, aber die ist mir a' diesem Orte jedenfalls lieber.

Vierte Scene.

Ceran. Herzogin (rechts versteckt). **Bellac** und **Lucy. Paul. Jeanne**

Bellac und **Lucy** (suchen einander im Hintergrunde).

Paul (tritt von links ein).

Jeanne (folgt ihm, hält ihn am Frack zurück). Nein, Pau nein!

Paul. Doch, — laß mich nur einen Augenblick, ich wi sehen, wer um diese Stunde hier die Einsamkeit sucht. — Da können doch ebenfalls nur Verliebte sein! — Und Verliebte i diesem Hause, das wäre gar zu drollig!

Jeanne. Nimm Dich in Acht!

Paul. Sßt!

Lucy. Sind Sie hier, Herr Bellac?

Paul. Die Engländerin!

Bellac. Ja, mein Fräulein!

Paul. Und der Professor. — Die Engländerin und de Professor, was habe ich Dir gesagt? Liebeshändel. — Ei Rendezvous. — Jetzt gehe ich nicht mehr fort.

Jeanne. Ich bleibe ebenfalls.

Beide (verstecken sich hinter einem Gebüsch).

Lucy. Sind Sie auf dieser Seite?

Bellac. Hier! — Verzeihen Sie, das Gewächshaus i gewöhnlich heller erleuchtet. — Ich weiß nicht, warum es gerat diesen Abend — (Geht auf sie zu.)

Ceran. Lucy? Aber dann ist ja Suzanne — — Ich verstehe nicht — —

Herzogin. Warte doch ein wenig, ich bilde mir ein, daß wir uns bald zurecht finden werden.

Lucy. Sagen Sie mir nur, Herr Bellac, was dieses Rendezvous und Ihr Brief von heute Morgen eigentlich bedeuten sollte? Warum schrieben Sie mir?

Bellac. Um Sie zu sprechen, meine theure Miß Lucy. Ist es denn das erste Mal, daß wir die Einsamkeit suchen, um unsere Gedanken auszutauschen?

Paul. Ein nächtliches Rendezvous im Gewächshaus nennt er Gedanken austauschen!

Bellac. Welches Mittel hatte ich sonst, um mit Ihnen allein zu sprechen. Ich bin ja hier beständig umringt, so daß ich nicht einen unbewachten Augenblick habe.

Lucy. Sie hätten mir ja den Arm anbieten und mit mir den Salon verlassen können. Ganz einfach und vor aller Welt. Ich bin ja keine junge Französin!

Bellac. Aber Sie leben in Frankreich —

Lucy. Ich bin gewöhnt, hier wie überall zu thun, was mir gefällt. Ich bedarf keines Geheimnisses und noch weniger der Heimlichkeit. Sie verstellen Ihre Schrift, — Sie unterschreiben nicht, ja, Sie nehmen sogar Rosa-Papier, — O, Sie sind ein echter Franzose.

Bellac. Und Sie sind die strenge Muse der Wissenschaft, die Muse der Beredtsamkeit. — — Setzen Sie sich doch!

Lucy. Nein nein! Und sehen Sie nur, wie alle Vorsicht zu Schanden wird! — — Ich habe Ihren Brief verloren — —

Herzogin (etwas lauter). Jetzt verstehe ich!

Lucy. (Bewegung nach links.)

Bellac. Wie?

Lucy. Haben Sie nichts gehört?

Bellac. Nein! — Sie haben den Brief verloren!

Lucy. Jawohl. Und was soll der Finder oder die Finderin davon denken?

Herzogin (leise zu Ceran). Begreifst Du nun?

Lucy. Allerdings hat der Finder keinerlei Anhaltspunkt, da die Adresse fehlt.

Bellac. Und weder die Unterschrift noch die Züge werden den Schreiber verrathen. Sie sehen also, daß ich mit meiner Vorsicht nicht ganz zu Schanden wurde. Auf alle Fälle glaubte ich recht zu thun, meine theure Miß Lucy, verzeihen Sie deshalb Ihrem Professor, Ihrem Freunde. — O, setzen Sie sich doch zu mir — ich bitte Sie —

Lucy. Nein. Sagen Sie mir, was Sie mir so tief geheimnißvoll mitzutheilen haben und kehren wir dann zu den Gästen zurück.

Bellac (sie zurückhaltend). Warten Sie doch. — Warum sind Sie heute nicht in meine Vorlesung gekommen?

Lucy. Ich verlor meine Zeit mit dem Suchen Ihres Briefes. — — Was haben Sie mir zu sagen?

Bellac. Wie ungeduldig Sie sind. (Gibt ihr ein Paquet, umwickelt mit einem Rosa=Band.) Da, nehmen Sie! Der Bürstenabzug!

Lucy. Der Bürstenabzug?

Bellac. Von meinem Buche.

Lucy. Von Ihrem — — O, Bellac!

Bellac. Sie sollen die Einzige sein, welche es vor Aller kennen lernt. — Die Einzige!

Lucy (nimmt seine Hand mit Lebhaftigkeit). O, mein Freund Mein Freund!

Paul (etwas lauter). Ein seltsames Liebespfand. Pff! Ein Bürstenabzug!

Bellac (Bewegung nach links).

Lucy. Was haben Sie?

Bellac. Nichts! — — Nichts! — Ich glaubte — — Sie werden dieses Buch lesen, in welchem ich mein ganzes Denken niedergelegt habe und Sie werden uns in volle Uebereinstimmung finden, ich bin dessen vollkommen sicher In einem Punkte freilich —

Lucy. In welchem?

Bellac (zärtlich). Ist es möglich, daß Sie nicht an di platonische Liebe glauben?

Lucy. Ich? Ganz und gar nicht.

Bellac (liebreich). Und doch — wir zum Beispiel.

Lucy (einfach). Wir? Zwischen uns herrscht Freundschaft

Bellac. Verzeihen Sie, das ist mehr als Freundschaf und besser als Liebe.

Lucy. Wenn es also mehr als das Eine und besser als das Andere ist, so ist es weder das Eine, noch das Andere. — Nochmals meinen Dank, herzlichen Dank und kehren wir zu den Gästen zurück. Wollen Sie? (Will fort.)

Bellac (sie zurückhaltend). Warten Sie.

Lucy. Nein, nein, kommen Sie.

Paul. Sie beißt nicht an.

Bellac. Gnade, warten Sie doch! zwei Worte, nur zwei kleine Worte. — Ueberzeugen Sie mich oder sich selbst. Die Frage verdient es, sprechen Sie, Lucy.

Lucy (geht nach rechts, sie wird im Sprechen lebhafter). Aber, Bellac, lassen Sie mich doch mit Ihrer platonischen Liebe. Wie wollten Sie dieselbe philosophisch aufrecht erhalten?

Bellac. Erlauben Sie, die Liebe ist eine Freundschaft —

Lucy. Wenn sie eine Freundschaft ist, so ist sie keine Liebe mehr.

Bellac. Aber es ist ein doppelter Begriff.

Lucy. Wenn er doppelt ist, so ist er nicht einheitlich.

Bellac. Aber es tritt die Verschmelzung ein.

Lucy. Wenn die Verschmelzung eintritt, so hört das Charakteristische auf — und ich gehe noch weiter.

Paul. Sie bleibt doch hängen!

Lucy. Ich leugne die Möglichkeit der Verschmelzung zwischen der Liebe, welche die Individualität zur Basis hat und der Freundschaft, welche eine Art von Sympathie ist, also eine Thatsache, in der das „Ich" gleichsam das „Nicht-Ich" wird. Diese Möglichkeit leugne ich ganz bestimmt!

Herzogin. Ich habe sehr oft von Liebe sprechen hören, o aber niemals!

Bellac. Aber Lucy — —

Lucy. Antworten Sie: ja oder nein? Der Haupt= actor —

Bellac. Hören Sie ein Beispiel, Lucy. Nehmen wir zwei beliebige Wesen, zwei Abstracte, irgend einen Mann und irgend eine Frau, welche sich Beide lieben, aber mit der all= täglichen, physiologischen Liebe, Sie verstehen mich?

Lucy. Vollständig.

Bellac. Und setzen wir sie in dieselbe Situation, in der wir uns befinden. Allein, zur Nachtzeit vereinigt — was wird geschehn?

Herzogin (zu Ceran). Ich kann mir's denken, und Du?

Bellac. Nothwendigerweise — folgen Sie mir genau — nothwendigerweise wird die folgende Erscheinung entstehen. —

Jeanne. Das ist sehr unterhaltend!

Paul. Hab' ich es nicht gesagt?

Bellac. Beide, oder was wahrscheinlicher ist, Eines von Beiden, der Mann —

Paul. Das männliche Abstractum!

Bellac. — wird sich derjenigen nähern, die er zu lieben glaubt.

Lucy. Aber —

Bellac (sie sanft zurückhaltend). Nein, nein — Sie werden sehen! — Ihre Blicke werden ineinanderfließen, ihr Hauch wird ihre Haare streifen —

Lucy. Aber Herr Bellac —

Bellac. Und dann — dann wird in ihrem Ich unabhängig von ihrem Selbst eine unterbrochene Reihe unbewußter Handlungen vor sich gehen, welche die Beiden einer voraus bestimmten Lösung zuführt, an welcher der Wille, der Verstand und die Seele keinerlei Antheil haben.

Lucy. Verzeihen Sie — dieser — Vorgang —

Bellac. Geduld, Geduld — Setzen wir nun ein anderes Paar und eine andere Liebe voraus. Nehmen wir anstatt der physischen die seelische Liebe — und anstatt eines gewöhnlichen Paares — zwei Ausnahmen. Sie folgen mir doch aufmerksam, nicht wahr?

Lucy. Ja!

Bellac. Sie werden sich ebenfalls, wenn sie nebeneinander sitzen, einander nähern —

Lucy (sanfter). Aber dann — dann ist es dasselbe.

Bellac. Warten Sie doch! Es gibt einen Unterschied. Lassen Sie mich Ihnen denselben zeigen. Auch sie können ihre Augen in einander versenken, wenn ihr Odem sich vermengt —

Lucy (sich erhebend). Aber am Ende —

Bellac (zieht sie wieder auf die Bank). Nur! Nur daß sie nicht mehr in den Anblick ihrer Schönheit, sondern in denjenigen ihrer Seelen versunken sind! Daß sie nicht mehr ihre Stimmen hören, sondern den Flug ihrer Gedanken selbst. Und wenn dann auch sie durch einen ganz anderen, obwohl verwandten Vorgang an den dunklen und wirren Punkt kommen, wo das Wesen seiner selbst unbewußt in eine Art köstlichen Erstarrens des Willens verfällt, das zugleich das höchste Ziel der menschlichen Glückseligkeiten zu sein scheint, dann werden sie nicht auf dieser Erde, sondern im Himmel erwachen, denn eine so geartete Liebe schwingt sich über die Gewitterwolken der niederen Leidenschaften hinweg in den reinen Aether der erhabenen Ideale.

(Pause.)

Paul. Er wird sie küssen.

Bellac. Lucy, theure Lucy — verstehen Sie mich? O, sagen Sie, daß Sie mich verstehen.

Lucy (verwirrt). Aber es will mir scheinen, daß die beiden Begriffe.

Paul. O, die Begriffe! Nein, die sind zu komisch.

Lucy (noch immer verwirrt). Die beiden Begriffe — sind identisch.

Paul. Identisch! Das meine ich auch!

Bellac (mit Leidenschaft). Identisch! — O Lucy. Sie sind grausam! — Identisch!!! Aber bedenken Sie doch, daß hier Alles subjectiv ist —

Paul. Subjectiv — ich halte es nicht mehr aus! Ich werde noch objectiv!

Bellac (immer leidenschaftlicher). Subjectiv, Lucy — verstehen Sie mich recht.

Lucy (sehr bewegt). Aber, Bellac — subjectiv.

Jeanne. Er wird sie nicht küssen.

Paul. Dann — werde ich Dich küssen. (Küßt sie vernehmbar.)

Jeanne (sich wehrend). Paul! Paul!

(Man hört einen zweiten Kuß.)

Bellac und **Lucy** (erheben sich erschreckt). Was ist das?

Herzogin (erhebt sich erstaunt). Sie küssen sich!

Lucy. Es muß Jemand hier sein.

Bellac. Kommen Sie, kommen Sie, — nehmen Sie meine Hand —

Lucy. Man hat uns belauscht, Bellac, ach, ich sagte es ja!

Bellac. Kommen Sie —

Lucy. Sie haben mich fürchterlich compromittirt! (Ab.)

Bellac (ihr folgend). Ich werde Alles wieder gut machen, theure Miß, Alles! (Ab.)

Fünfte Scene.

Herzogin. Ceran (versteckt). **Paul. Jeanne.**

Paul und **Jeanne** (kommen aus ihrem Versteck hervor).

Paul. Ah, die platonische Liebe!

Herzogin. Raymond.

Jeanne. Und das Ich — das Nicht-Ich! — der Aether der Ideale — Ah! Ah! Ah!

Herzogin (ebenfalls aus dem Versteck). Na, wartet ein wenig, ihr Spitzbuben! (Geht leise auf sie zu.)

Paul. Dieser Tartuffe mit seinen Erklärungen, bei denen er sich immer eine Hinterthüre offen läßt. (Bellac imitirend.) Aber meine theure Miß, der Begriff von der Liebe ist ein doppelter —

Jeanne. Und der Hauptfactor —

Paul. Aber Lucy —

Jeanne. Aber Bellac —

Paul. Das ist ein Unterschied. Lassen Sie mich Ihnen den Unterschied zeigen.

Jeanne. Aber dann — ist es identisch —

Paul. Identisch — Grausame. Aber hier ist ja Alles subjectiv —

Jeanne. O, Bellac, subjectiv — (Lärm von Küssen, welcher **Herzogin** durch Schnalzen auf ihren Händen hervorbringt.)

Paul und Jeanne (zugleich erschreckt). Was ist das?

Jeanne. Noch Jemand?

Paul. Erwischt!

Jeanne. Auch wir sind belauscht worden!

Paul (sie fortdrängend.) Komm! komm!

Jeanne. Vielleicht auch schon im Anfang — da wir uns küßten!

Paul. Ich werde Alles wieder gut machen, theurer Engel! Alles!

Beide (verschwinden nach links. Die Thüre knarrt).

Sechste Scene.

Herzogin. Ceran.

Herzogin. Ah! Ah! Ah! — Ihr Schelme! Sie gefallen mir, aber sie verdienten die Lection! Ach! ach! jetzt kann ich allerdings lachen. Ach! — ach! — was sagst Du zu Deiner Lucy? Na, Deine Schwiegertochter führt sich schön auf! Habe ich's Dir nicht voraus gesagt? Kennst Du Dich nun aus? Suzanne dieses Rendezvous — und dieser Brief —

Ceran. Gewiß, es war der Brief Bellac's, den Suzanne gefunden hat — das ist klar.

Herzogin. Und den sie für einen Brief Roger's an Lucy hielt. Darum war sie so wüthend, die kleine Eifersüchtige!

Ceran. Eifersüchtig? — **Herzogin.** Sie wollen damit doch nicht sagen, daß sie meinen Sohn liebt?

Herzogin. Denkst Du etwa noch daran, ihn die Andere heiraten zu lassen, trotz dieser Abhandlung über die platonische Liebe?

Ceran. Die Andere? — Gewiß nicht! — Aber Suzanne niemals! Hören Sie, Tante, niemals!

Herzogin. Wir sind noch nicht so weit, leider! Bis dahin kehre zu Deiner Tragödie zurück und zu Deiner Candidatur Revel. — Geh' — ich nehme es auf mich, Deinen Sohn aufzusuchen und ihn zu bestimmen, daß er sein Schwert wieder in die Scheide stecke! — Ende gut, Alles gut! Inzwischen bin ich ruhiger geworden! Viel Lärm um Nichts oder doch nur Wenig! — Und die Geschichte ist aus, aus — gehen wir! (Wollen links ab.)

(Lärm von rechts.)

Beide (bleiben stehen).

Herzogin. Noch Jemand?! Ach — ich bedanke mich! — In Deinem Gewächshause geht es ja wie unter den Kastanienbäumen Figaro's zu, unter denen alle Welt sich begegnet und den Hof macht — Recht schön das!

Ceran. Wer kann denn noch kommen?

Herzogin. Wer? (Sich besinnend.) Ah! (Zu Ceran, die sie nach links drängt.) Kehre in den Salon zurück, ich werde Dir Alles erzählen.

Ceran. Aber —

Herzogin (wie früher). Du kannst doch Deine Gäste nicht ewig allein lassen?

Ceran. In der That — Aber wer kann es nur sein?

Herzogin (wie früher). Ich werde Dir Alles erzählen! — Rasch! Vorwärts! bevor man kommt, sonst kannst Du nicht mehr fort.

Ceran. Allerdings! Ich werde überdies zum Thee wieder kommen.

Herzogin. Zum Thee — ganz recht! Geh! Mach' daß Du fortkommst — rasch! rasch!

Ceran (links ab).

Siebente Scene.

Herzogin, dann Suzanne, später Roger.

Herzogin. Wer es sein kann? — Mein Gott, Roger, der Suzanne nachspäht, oder umgekehrt, wer sonst; (nach rechts schauend.) Freilich ist er's mein Bartolo! (Nach links sehend.) Und hier meine Eifersüchtige, die Roger bei Lucy glaubt und wissen möchte, was vorgeht. — Die Rechnung stimmt. — Das ist die dritte Migräne — Wenn der Zufall daraus Nichts zu machen weiß, so ist er sehr ungeschickt! — (Dreht das Gas noch tiefer.)

Suzanne (tritt vorsichtig ein). Ich wußte ja, daß er um das Gewächshaus herumschleichen werde — ich war ihm hier im Wege.

Roger. Sie ist um das Gewächshaus herumgegangen, sie muß hier sein, ich sah sie eintreten. — Endlich werde ich erfahren, woran ich mich zu halten habe —

Herzogin. Sie spielen Verstecken —

Suzanne (horchend). Es scheint, daß seine Engländerin ihn wieder warten läßt.

Roger (ebenso). Ah, Bellac ist also noch nicht hier?

Herzogin. Wenn ich nicht helfen könnte, kämen sie niemals zusammen! — Pst!

Roger. Sie ruft ihn — Ah, wenn ich es wagte. Ich nähme seinen Platz ein, da er nicht da ist! Das wäre das rechte Mittel, um zu erfahren, wie sie mit einander stehen.

Herzogin (bei Seite). Vorwärts! vorwärts! — Pst!

Roger. Meiner Treu! ich wage es! bis er kommt, werde ich wohl Etwas erfahren haben. — Pst!

Herzogin. Ah!

Suzanne (bei Seite). Er hält mich für Lucy. O, ich möchte gar zu gerne wissen, was er ihr sagen will.

Roger. Sind Sie's?

Suzanne. (mit halber Stimme). Ja! (Bei Seite, entschieden.) Einerlei!

Roger (bei Seite). Sie hält mich für Bellac!

Herzogin. Nun ist die Sache im Gange. Vorwärts, Kinder, Vorwärts! (Verschwindet hinter den Bäumen.)

Roger. Haben Sie meinen Brief erhalten?

Suzanne (bei Seite, wüthend, gerade vor ihm, ohne daß er sie sehen oder hören kann). Ja, ich habe Deinen Brief erhalten, freilich, ohne daß Du eine Ahnung davon hast. (Laut, sanft.) Wäre ich sonst zu Ihrem Rendezvous gekommen?

Roger (bei Seite). Zu Ihrem Rendezvous? — nun dieses Mal ist Alles klar. — Ach! Unglückseliges Kind! — Endlich werde ich wissen — (Laut.) Ich hatte Furcht, daß Sie nicht kommen würden, meine Theure!

Suzanne (bei Seite). Meine Theure! O! (Laut.) Sie haben mich aber doch gerade den Salon verlassen sehen, mein Theurer!

Roger (bei Seite). Sie sind mindestens sehr vertraulich mit einander, das ist klar. Ich muß um jeden Preis wissen — (Laut.) Warum halten Sie sich so weit von mir! (Geht auf sie zu.)

Suzanne (weicht zurück, bei Seite). Er wird bemerken, daß ich kleiner bin, als Lucy — Ach — so geht's! (Setzt sich.)

Roger. Erlauben Sie mir, daß ich mich neben Sie setze.

Suzanne. Gerne!

Roger (bei Seite, zu ihr gehend). O sehr gerne — mich wundert, daß Sie mich für Bellac hält. Ich habe doch weder seine Stimme, noch — Ich werde ja sehen, wie lange es dauert, bis sie mich erkennt! — ich muß die Gelegenheit benützen. (Laut.) Wie gut, daß Sie gekommen sind! Sie lieben mich also doch ein wenig, meine Theure?

Suzanne. Gewiß, mein Theurer.

Roger (sich erhebend). Sie liebt ihn. — Der Elende!

Suzanne. Was hat er denn?

Roger (setzt sich wieder neben sie). Nun, dann lassen Sie mich wie sonst — (Ergreift ihre Hände).

Suzanne (entrüstet bei Seite). O, er nimmt sie bei der Hand!

Roger (bei Seite, entrüstet). Sie läßt sich ganz ruhig die Hände nehmen, das ist entsetzlich —

Suzanne. O!

Roger. Sie zittern?

Suzanne. Das kommt von — — Sie zittern ja?

Roger. Nein, nein! S i e zittern! — Haben Sie vielleicht — — (bei Seite.) Wir wollen sehen — — einerlei! (Laut.) Hast Du vielleicht Furcht?

Suzanne (bei Seite, sich zornig erhebend). Du!

Roger (bei Seite, aufathmend). Sie sind noch nicht beim „Du!"

Suzanne (kehrt nach einer Bewegung der Entschlossenheit auf ihren Platz zurück).

Roger (entsetzt bei Seite). Wie? Das geht noch weiter. Aber dann? (Laut.) Ah, Du hast also keine Furcht?

Suzanne. An Deiner Seite — — Furcht?

Roger (bei Seite). An seiner Seite! Bis zu welchem Punkte ist dieser elende Verführer gelangt? O, ich werde es wissen, ich will und muß es wissen, denn ich bin für dieses Mädchen verantwortlich. (Laut und entschieden.) Nun denn, wenn Du keine Furcht hast, warum fliehest Du mich? — (Zieht sie an sich.)

Suzanne (wüthend). O!

Roger. Warum wendest Du Dich ab von mir. (Umfängt ihre Taille.)

Suzanne (wie oben). O!

Roger. Warum entziehst Du mir Dein holdes Angesicht? (Neigt sich über sie.)

Suzanne (aufspringend). Ah, das ist zu arg!

Roger. Jawohl, das ist zu arg!

Suzanne. Ja, sehen Sie mich doch nur genauer an, mich Suzanne und nicht Lucy — Suzanne, begreifen Sie?

Roger. Und ich — Roger! Und nicht Bellac — Roger, begreifen Sie?

Suzanne. Bellac?

Roger. O, unglückseliges Kind, so ist es also wahr! O, Suzanne, Suzanne, wie schlecht haben Sie gehandelt und wie weh haben Sie mir gethan. — Er wird wohl endlich kommen, ich erwarte ihn.

Suzanne. Wie? — Wen?

Roger. Sie verstehen also nicht, daß ich den Brief gelesen habe.

Suzanne. Welchen Brief? Wenn Sie den Ihrigen meinen, so habe ich ihn gelesen.

Roger. Meinen Brief! — Nein, den Brief Bellac's.

Suzanne. Bellac's? — Den Ihrigen!

Roger. Ein Brief von mir?

Suzanne. Von Ihnen — an Lucy.

Roger. An Lucy? — An Sie! An Sie! An Sie!

Suzanne. An Lucy! — An Lucy! — An Lucy! — welche ihn verloren hatte.

Roger. Verloren?

Suzanne. Ich war dabei, wie sie ihn vom Bedienten verlangte. — Sie können ihn nicht verleugnen, denn ich habe ihn gefunden — — Ich — —

Roger. Gefunden? —

Suzanne. Jawohl, gefunden sammt dem Rendezvous, der Migräne und so weiter. — — Und weil ich dieses Rendezvous sehen wollte, so kam ich hieher — und Sie hielten mich für Lucy —

Roger. Ich?

Suzanne (fängt an zu weinen). Jawohl — Sie — Sie — Sie hielten mich für Lucy und Sie sagten mir, daß Sie mich lieben! — Ja ja, warum haben Sie mir, als Sie mich nicht für Lucy hielten, gesagt, daß Sie sie nicht lieben und daß Sie sie nicht heiraten werden? Warum haben Sie mir das gesagt? Das war ganz unnöthig! Heiraten Sie sie, wenn Sie wollen — das ist mir ganz einerlei — aber sagen Sie mir die Wahrheit — Sie haben mich getäuscht — Sie haben mich angelogen — das war nicht recht von Ihnen — Da Sie sie lieben, so hätten Sie mir — so hätten Sie mir — — (In Schluchzen ausbrechend.) O, heirate sie nicht — heirate sie nicht — heirate sie nicht! —

Roger (sie in seine Arme schließend). Suzanne, meine theure Suzanne, wie glücklich bin ich!

Suzanne. Wie?

Roger. Du hast diesen Brief also nur gefunden? Er gehört nicht Dir?

Suzanne. Mir?

Roger. Nun denn, mir ebensowenig, das schwöre ich Dir.

Suzanne. Aber — —

Roger. Ich schwöre Dir! Er gehört Lucy, Bellac oder Anderen, was liegt uns daran? Ach, jetzt begreife ich — Du glaubtest — — ja — ja wie ich — — Ich begreife — — Ach, mein theures Kind — — meine liebe Suzanne — welche Angst habe ich ausgestanden — —

Suzanne. Angst — — ? Weshalb?

Roger. Weshalb — — Jawohl, Du hast Recht — Das war thöricht! Es war häßlich von mir und ich bitte Dich auch um Verzeihung — Hörst Du, ich bitte Dich um Verzeihung — —

Suzanne. Du heiratest sie also nicht?

Roger. Ich sagte Dir schon — —

Suzanne. O, ich begreife von alledem Nichts. Sage mir nur, daß Du sie nicht heiratest, und ich werde Dir glauben.

Roger. Aber nein, gewiß nicht, — welch' ein Kind bist Du doch! Und nun, weine nicht mehr! Trockne Deine Thränen, meine Kleine, meine liebe Suzanne — — wir sind ja nicht mehr böse aufeinander — weine also nicht mehr —

Suzanne. Ich kann die Thränen nicht zurückhalten.

Roger. Aber warum?

Suzanne. Ich habe nur Dich, Roger, — Du darfst mich nicht verlassen — —

Roger. Dich verlassen — —

Suzanne (immer noch weinend). Du weißt ja — — ich bin — eifersüchtig — Du kannst das nicht begreifen — nein

— nein — O, das habe ich heute Abend deutlich gesehen, da ich Dich mit Herrn Bellac ärgern wollte — Du hast es nicht einmal bemerkt — dieser Herr Bellac ist Dir ganz und gar gleichgiltig — —

Roger. Er?! — Ich wollte ihn tödten!

Suzanne. Ihn tödten! — — (Springt ihm an den Hals.) Wie lieb Du bist — Du glaubtest also — —

Roger. Sei ruhig! — sprechen wir nicht mehr davon! — das ist vorbei und vergessen — fangen wir wieder von vorne an. Bei meiner Ankunft. — Guten Tag, Suzanne — guten Tag, mein liebes Kind! Wie lange habe ich Dich nicht gesehen! Komm' zu mir, nicht wahr, wie früher — (Setzt sich nieder und läßt sie recht nahe zu sich setzen.)

Suzanne. O, Roger, wie gut bist Du jetzt! — und was für liebe Worte Du mir sagst! Du hast mich also lieber wie sie — wirklich?

Roger (immer lebhafter werdend). Ob ich Dich lieb habe? Ist es denn nicht meine Pflicht, Dich zu lieben? — Als Verwandter, als Vormund und als Mann von Ehre, Dich lieben? Da ich diesen Brief las, ging in mir, ich weiß nicht was, vor, aber ich begriff mit einem Male, welche tiefe Gefühle ich für Dich hege! — Ja, ich liebe Dich, mein theures Kind, weit mehr, als ich es selber wußte. Nicht wahr, Du weißt es? Du fühlst, daß ich Dich wahrhaftig liebe, meine kleine Suzanne? — —

Suzanne (ein wenig überrascht). Ja, Roger — —

Roger. Du blickst mich fragend an? Ich setze Dich in Erstaunen, aber ich überzeuge Dich nicht. Ich bin so wenig an zärtliche Worte gewöhnt, so linkisch in Liebesbeweisungen und verstehe so schlecht derlei Dinge zu sagen — denn die Erziehung des Herzens fällt der Mutter zu und Du kennst meine Mutter! — Sie hat aus mir einen unermüdlich fleißigen Gelehrten gemacht — die Wissenschaft hat mein Leben ausgefüllt — Dein Anblick war meine einzige Erholung, mein einziges Lächeln, meine einzige Jugend! Du hast nur mich, sagst Du? Und ich, meine theure Suzanne, wen konnte ich lieben? Dich! — Dich ganz allein, aber ich fühlte es nicht! Du hast mich gewonnen, wie die Kinder uns eben gewinnen, ohne daß sie es wissen, ohne daß wir selbst es ahnen, durch den überwältigenden Eindruck ihrer Grazie, durch das Verführerische ihrer Schwäche, kurz durch Alles, was sie liebenswürdig macht, weil man sich denen mit ganzer Seele hingibt, die man beschützt. Ich war Dein Meister und darum auch Dein Zögling. — Ich lehrte Dich lesen — Du lehrtest mich lieben! Auf Deinen rosigen Kinderfingern, auf der goldigen Seide Deines Haares erwachte mein unwissendes Herz für seine ersten Küsse — Du bist als kleines Kind in dieses Herz eingezogen und in demselben aufgewachsen, so daß Du es heute ganz und gar ausfüllst, hörst Du? — Ganz und gar! (Pause.) Bist Du nun beruhigt?

Suzanne (erhebt sich, mit tiefer Stimme). Laß' uns fortgehen!

Roger (verwundert). Warum? — Wohin?

Suzanne (sehr verwirrt). Wo immer hin!

Roger. Aber warum?

Suzanne (wie oben). Es ist finster.

Roger. Aber gerade zuvor — —

Suzanne. Ach, zuvor! Da hatte ich noch nicht gesehen — —

Roger. Nein, bleibe! bleibe! Wo könnten wir besser sein als hier? Ich habe noch so viel auf dem Herzen! Ich weiß wirklich nicht, warum ich Dir das Alles sage, aber es thut mir so wohl, es Dir zu sagen — Ach, Suzanne, bleibe noch — meine theure Suzanne! (hält sie zurück.)

Suzanne (will sich losmachen). Nein, nein, ich bitte Sie —

Roger (erstaunt). Sie — Du sagst mir nicht mehr Du?

Suzanne (immer verwirrter). Ich — ich bitte Sie —

Roger. Aber soeben noch —

Suzanne. Aber jetzt nicht mehr —

Roger. Und warum?

Suzanne. Das weiß ich nicht — ich —

Roger. Du weinst noch immer? Habe ich Dich gekränkt?

Suzanne. Nein, — o, nein —

Roger. Das könnte auch nur gegen meinen Willen geschehen sein — ich habe — — —

Suzanne. Nein, nein — ich weiß nicht — ich verstehe nicht — — ich bin — Gehen wir, ich bitte Sie.

Roger. Suzanne — Aber ich verstehe ebensowenig —

Achte Scene.
Vorige. Herzogin.

Herzogin (eintretend). Und wißt Ihr warum? Weil Ihr Beide in der Sache nicht klar seht, weder Du noch Du! (Das Gas aufdrehend. Die Bühne ist erleuchtet.) Da!

Roger. Tante!

Herzogin. Ah! — Mein theures Kind! Wenn Ihr wüßtet, wie Ihr mich glücklich macht. — Vorwärts, umarme Deine Braut!

Roger (befremdet). Meine Braut — Mei — Suzanne? (Sieht erst seine Tante an, dann Suzanne, aufschreiend). Ach, es ist ja wahr, ich liebe sie!

Herzogin (freudig). Endlich Einer, der klar sieht! (Zu Suzanne.) Nun und Du?

Suzanne (sich in ihre Arme werfend). Tante!

Herzogin. Du sah'st schon früher klar — scheint es. Die Frauen haben immer ein schärferes Auge. Welch' schöne Erfindung ist doch das Gas — Alles ist hell geworden — es bleibt nur noch Deine Mutter —

Roger. Wie?

Herzogin. Die wird sich nur langsam aufklären lassen. Doch da kommt sie und mit ihr die gesammte Tragödie! Kein Wort. Laßt nur mich machen, ich nehme Alles auf mich! Aber was geht denn vor?

Neunte Scene.

Vorige. Cerau (zuerst und freudig eintretend), dann durch alle Eingänge: **Desmillets**, umgeben von den **Damen. General. Bellac. Lucy. Loudan. Arriego. Paul und Jeanne und alle Personen des zweiten Actes.**

Cerau. Eine große Neuigkeit, Tante!

Herzogin. Nun?

Cerau. Revel ist todt.

Herzogin. Wirklich?

Cerau. Es steht in den Abendblättern. Sehen Sie nur selbst.

Herzogin. Warum nicht gar.

Arriego (zum Dichter). Herrlich! Prachtvoll!

Loudan. Ein sehr schönes Werk und eine erhabene Dichtung.

General. Sehr bemerkenswerth! Und ein hübscher Vers!

Desmillets. O, General!

General. Ja wohl — ein sehr hübscher Vers. Wie lautet er denn nur gleich? — Die — Die Ehre ist heutzutage einem Gotte vergleichbar, welcher keinen einzigen Altar mehr hat! Ein hübscher Vers.

Paul. Ein bischen lang.

Bellac. Er ist um 6 Uhr gestorben.

Reault (zu seiner Frau). Toulonnier hat mir förmlich versprochen —

Bellac (zu den Damen). Toulonnier hat mir sein Wort gegeben —

Ceran. Toulonnier ist ganz für uns.

Herzogin. Wo ist er denn, Euer Toulonnier?

Reault. Man hat ihm soeben eine Depesche überbracht.

Ceran (bei Seite). Wahrscheinlich eine Bestätigung dieser Nachricht — aber wo —

Toulonnier (tritt ein).

Ceran. Ah, endlich!

Alle. Da ist er! Ah! Ah! (Umdrängen ihn.)

Ceran. Mein theurer Generalsecretär!

Reault. Mein theurer Toulonnier!

Arriego. Diese Depesche?

Bellac. Es handelt sich um den armen Revel, nicht wahr?

Toulonnier. Ja wohl — um Revel.

Bellac. Nun, und was enthält sie?

Herzogin. Natürlich die Nachricht, daß er n i c h t gestorben ist.

Ceran, Bellac, Reault (die Zeitungen zeigend). Aber die Zeitungen?

Herzogin. Sie haben sich geirrt.

Alle. Ah!

Herzogin. Ausnahmsweise — (Zu Toulonnier.) Nicht wahr?

Toulonnier. In der That, er ist nicht todt!

Reault (läßt sich auf einen Sessel fallen). Wieder nicht!

Herzogin. Ich möchte wetten, daß man ihn sogar zu irgend etwas Neuem ernannt hat.

Toulonnier. Zum Commandeur der Ehrenlegion.

Reault (aufspringend). Unerhört!

Toulonnier (die Depesche zeigend). Morgen wird es im Amtsblatte stehen. (Zu Reault.) Meine herzlichste Theilnahme!

Herzogin (Toulonnier ansehend, bei Seite). Er wußte es offenbar schon, als er kam; der versteht es, mit den Leuten umzugehen! (Laut.) Auch ich habe eine große Neuigkeit zu verkünden.

Alle. Ah! (Nähern sich der Herzogin.)

Herzogin. Sogar deren zwei.

Lucy. Wie?

Loudan. Zwei Neuigkeiten auf einmal?

Bellac. Welche?

Herzogin. Vorerst die Verlobung unserer Freundin Miß Lucy Wattson mit dem Herrn Professor Bellac —

Alle. Mit Bellac? — Wie?

Bellac. Herzogin —

Herzogin. O, man muß wieder gut machen —

Bellac. Gut, — Ach, mit tausend Freuden! Lucy —

Lucy. Da jedoch meine Gefühle mit meinem Woller übereinstimmen — (Reicht Bellac die Hand.)

Herzogin (sich zu ihr wendend). Und nun die andere Neuigkeit

Loudan. Noch eine Verlobung?

Herzogin. Ja wohl — noch eine — diejenige meines theuren Neffen Roger —

Ceran. Herzogin! —

Herzogin. Mit einem jungen Mädchen, das ich vo ganzem Herzen liebe. —

Ceran. Tante!

Herzogin. Und die meine Universalerbin sein wird –

Ceran. Ihre —

Herzogin. Die Erbin meines Vermögens und meine Namens! Mit einem Worte, meine Adoptivtochter Suzanne —

Suzanne. O, meine Mutter — meine süße Mutter! —

Ceran. Aber Herzogin!

Herzogin. Kennst Du eine reichere Braut und au besserer Familie —

Ceran. Ich kann nicht sagen — indessen — (Zu Roge Ueberlege doch, Roger —

Roger. Ich liebe sie, Mutter.

Herzogin. Erledigt — — Es bleibt mir nur noch - (Zu Paul.) Kommen Sie doch ein wenig näher, Herr Raymont Wie werden denn Sie gut machen — he? —

Paul. Herzogin, das waren Sie?

Jeanne. O, Frau Herzogin, Sie haben gehört?

Herzogin. Jawohl, kleine Heuchlerin, ich habe gehört.

Paul. O! —

Herzogin. Aber da Sie nicht gar zu schlecht von m gesprochen haben — so will ich verzeihen — Sie werden Präfec

Paul. Frau Herzogin! (Küßt ihr die Hand.).

Jeanne. O, gnädige Frau, die Dankbarkeit, sagt Diderot -

Paul (zu Jeanne). Pst! Jetzt lohnt es nicht mehr t Mühe; — von jetzt an citiren wir nur mehr u n s e r e Wo h thäterin: die Frau Herzogin!